集英社オレンジ文庫

時をかける眼鏡

宰相殿下と学びの家

椹野道流

本書は書き下ろしです。

Contents

Characters

西條遊馬（さいじょうあすま）
現代からこの世界に呼び寄せられた医学生。母がマーキス島出身、父は日本人。

クリストファー・フォークナー
ロデリックの補佐官で、鷹匠も務めている。

ロデリック
マーキス王国の皇太子として育つ。父王の死により、国王になったばかり。

フランシス

ロデリックとは母が違う、第二王子。
現在は宰相として兄を補佐する。

ヴィクトリア

フランシスと同母の第三王子だが、姫として育ち、
ポートギースの王・ジョアンの元に嫁ぐ。

ジョアン

ポートギース国の王。

キャスリーン

ジョアンの娘。

イラスト／南野ましろ

時をかける眼鏡

宰相殿下と学びの家

Toki wo kakeru Megane

一章　鷹匠小屋の夜

急に足元からゾクゾクッと寒気がして、小さなクシャミと共に、西條遊馬は我に返った。

「うわっ、寝てた……！　いつの間に？」

部屋の中は薄暗く、ごく小さな窓から外を見れば、空の色はわずかにオレンジ色を残すだけで、はや夜と呼ぶべき深い藍色になりつつある。

今の彼の住まいである鷹匠小屋の、狭くとも居心地のいい居間。

その居間の主役である暖炉の前に三本足のスツールを据えて腰を下ろし、夕食の支度をしていたはずが、どうやら居眠りをしてしまったらしい。さほど長時間ではないのだろうが、俯いていたせいで、うなじが鈍く痛む。

切りかけだったリンゴと、眠り込む前は手に持っていた小刀は両方とも、足元の野菜籠の中に落ちている。

「危なかった。いくら靴越しでも、足の甲に刺さってたかもしれない。この世界で大怪我すると、おおむね大変なことになるから、気をつけなきゃ」

まさに、遊馬が元いた世界で言うところのヒヤリハット案件である。頑固に居座っていた眠気が退散した瞬間、彼はハッとして暖炉に目をやった。

火が、ずいぶん弱くなってしまっている。

さっきの寒気は、間違いなくそのせいだ。

暑い夏がようやく終わり、季節は、遊馬がこの世界に来てから二度目の秋だ。

昼間はまだ汗ばむ陽気の日もあるが、夜はかなり冷え込むようになってきた。

ヤバい、と呟くより早く立ち上がった遊馬は、暖炉脇の大きな籠から薪を数本選んで引き抜き、慣れた手つきで暖炉にくべた。

薪の太さと、空気の通り道。

火を上手く操るにはそれが肝要だと、この世界のマーキス島、もといマーキス王国における遊馬の師匠であり、上司であり、同居人であり、今は大切な友人でもあるクリストファー・フォークナーが、かつて教えてくれた。

（元いた世界の日本では、アウトドアがレジャーとしてけっこう流行ってたけど、僕、今戻ったら、かなりアウトドアライフの名人になれてると思うなあ。ここでは、全然レジャ

ーじゃなくて、ただ生きるための日常だけど）

そんな他愛ないことを考えながら、遊馬は再びパチパチと爆ぜはじめた火を満足げに見やり、再びスツールに腰を下ろした。

決して、火を絶やさない。

この世界に来てからというもの、それは遊馬の「心の重要リスト」の上位を常に占めている。

もといた世界では、ライターやマッチを使えば、あるいはガスコンロのスイッチを入れればいとも簡単に点けることができた火が、本当は、いかに貴重でありがたいものであったか。

うっかり油断して暖炉の薪を燃え尽きさせてしまい、再び一から火を熾こす大変さを何度か味わった末に、遊馬は鷹匠小屋にいるときも野宿しているときも、常に火を一定の強さに保つことを、ごく自然に意識するようになった。

今、目の前の暖炉では再び明々と火が燃え、その上に吊り下げられた大きな鍋の中の湯も、勢いよく沸き立ち始めた。

「ある意味、火が弱まっててよかった。空だきしちゃったら大変だもんな」

ホッとした顔で呟き、鍋に少し水を足してから、遊馬は夕飯の支度を再開した。

鍋の中では、さまざまな野菜の切れっ端がそこそこ煮えた状態になっている。

キャベツ、人参、僅かに苦みのあるほっくりした食感の芋、太くて短い葱、それから、見かけはタマネギっぽいのに味はセロリにそっくりな野菜も、残っていた半分がしなびかけていたので、今日は初めて入れてみた。

とにかくこの世界では、食材を無駄にすることはあり得ない。

あれこれと料理を作ったあと、残った食材は、野菜の皮から屑肉まですべて湯に投入してことこと煮込み、スープにして平らげる。柔らかく煮えた具材を潰し、ポタージュにすることもよくある。

肉を調理して出た脂は、バターや食用油の代わりに使ったり、家畜や家禽、鷹たちの餌に混ぜたりするし、どうしても食べきれない硬い野菜くずや、出汁を取ったあとの骨は、所定の場所に集められ、畑にまくための肥料の材料として活用される。

多くの人が「時間を金で買う」、あるいは「手間を金で買う」ような忙しい世界からやってきた遊馬にとっては、何もかもに労力を要する、そしてそれが当然で、誰もそこに疑問を持たないこの世界は、厄介で面倒臭く、それでいて新鮮で、ときに眩しく、どこか羨ましくもある。

「そうだ、さっき切りかけてたリンゴ……」

遊馬は野菜籠から拾い上げたリンゴのヘタと種の部分だけを取り、あとはざくざくと切って鍋に放り込んだ。

いわゆる汁物にリンゴを入れるなど、少なくとも遊馬には馴染（なじ）みのないことだったが、やってみれば、なかなかいい。煮えてとろりとした果肉を噛（か）み当てると嬉しくなるし、リンゴの果汁は、日本でいうところの味醂（みりん）のように、スープにほんのりした甘みとコクを与えてくれる。

「さて、今日はちょっとだけ贅沢（ぜいたく）……ってことになるんだろうな」

呟きながら、遊馬は籠の底に残っていた布包みを取り出した。

分厚い包みを解くと、登場したのは、いわゆる豚足だった。

それは、彼が今いる鷹匠小屋の主、クリストファー・フォークナーからの「お土産（みやげ）」である。

昨日は久しぶりに城で小さな晩餐会（ばんさんかい）が開催された。

城詰めの鷹匠でありながら、国王補佐官も兼任するクリストファーは、昨日、その晩餐会に出席し、かなり遅い時刻に小屋に帰ってきた。

眠い目を擦りながら出迎えた遊馬に、クリストファーがヌッと差し出した布包みの中から、まだ生の状態の立派な豚足が二本、ごろんと出てきたのである。

おそらく、晩餐会の主菜が豚肉だったのだろう。

「俺だけご馳走を食っては、お前に悪いと思ってな。料理番に頼み込んで、特別に譲ってもらったんだ。これは、誰にも内緒だぞ」

クリストファーは、決まり悪そうな笑顔で、やや早口にそう言った。

王室の鷹の世話を生業とする家の長子であるクリストファーは、父の手伝いをすべくこの小屋に出入りしていた子供時代、先代の国王に見出され、皇太子の「学友」となるよう命じられた。

以来、クリストファーはただ一心に当時は皇太子、現在は国王のロデリックに仕え、平民でありながら、ついに国王補佐官の地位にまで登り詰めた。

それだけ聞けばたいへんなサクセスストーリーであるし、城で働く人々からは羨望以上に、嫉妬と憎悪の対象になったとしても不思議ではない。

だが、クリストファーの愚直と呼びたいほどの誠実さ、生真面目さは、この城に出入りするすべての人々が知るところなのである。

皇太子時代の、陰気な偏屈者とそしられ、人気も人望もなかったロデリックに寄り添い続け、ロデリックが父殺しの冤罪で投獄されたときも、まさに風前の灯火だった彼の命を救うために、我が身の危険を顧みず奔走した。

そして、ロデリックが国王に即位すると同時に補佐官を拝命し、まさに腹心中の腹心というべき立場になってからも、クリストファーは家業である鷹匠の仕事を決して疎かにしていない。

今も城内の片隅にある、この粗末な鷹匠小屋で寝起きし、鷹たちの世話と国王補佐官の職務を両立させつつ、城下の庶民とほぼ変わらない質素な生活を続けているのだ。

本人は、「贅沢は性に合わん」とあっけらかんとしているし、それは本当なのだろうと遊馬も感じる。だが、それだけではあるまい。

愚直と愚鈍は、字こそ似ているが、意味合いはまったく違うのだ。

あまりにもロデリック一筋なので、家臣の中には、クリストファーの人柄は評価しつつも、「国王の命を実行するだけの愚者」であると思っている者が少なくない。

しかし、遊馬はそうは思わない。

国王ともなれば、ロデリックにはたくさんの人が仕えている。

そうした人々に、自分たちは国王に軽んじられている、不遇であると感じさせないよう、クリストファーは贅沢と無縁の生活を続けているのだろう。

その態度は、決して家臣ひとりだけを依怙贔屓せず、身分に関係無く有能な人材を登用し、公平に扱うというロデリックの評判を補強することにもなる。

クリストファーは、そうしたことをすべてわかって、敢えてこの生活スタイルを守っているに違いない。

本人に確かめたことはないが、遊馬はそう信じている。

そんな用心深く公明正大で清廉なクリストファーが、遊馬のために「特別に」豚足を横流ししてもらったとなると、これはなかなかの大事件である。

驚いて、クリストファーの顔と豚足を交互に見る遊馬に、クリストファーは、「本当は肉を持ち帰れればよかったんだが、それはちと強欲が過ぎると思ったんでな」と、申し訳なそうに説明した。

「あ……ああ、なるほど。あの、ありがとう、ございます」

無論、クリストファーの思いやりは、痛いほどわかる。あのクリストファーが、自分のために節を曲げてくれたのだと思うと、遊馬としては胸が熱くなるほどだ。

とはいえ、である。

元いた世界の焼肉店などで、調理された豚足は見たことがあったが、生の豚足を見るのが初めての遊馬は、少なからず「引いて」しまっていた。

（この世界に来てから、鷹たちが動物を仕留めるところは何度となく見たし、家畜が捌かれるところも見てきた。すっかり慣れたと思ったけど……脚は、ちょっとリアル過ぎるっ

ていうか、シュールっていうか）

遊馬は、豚足を眺めながら、複雑な面持ちになった。

豚の脚だけがゴロンとそこに存在すると、どうしてもその脚が支えていたはずの豚の胴体部分に思いを馳せてしまう。

（豚さんのボディはきっとローストになって、晩餐会に出席した人たちのお腹に収まったんだよなあ）

もうこの世にいない豚の気配、いや命が、自分の手の上の二本の脚に宿っているような気がして、何となく気後れする遊馬である。

ゴワゴワした毛が生えた、太くて短い脚を眺めていると、さすがに生々しさが胸に迫ってくる。「美味しそう」という感覚は、すぐに湧いてくるものではなさそうだ。

「ありがとうございます。その、嬉しいです」

遊馬が喜ぶものと思って豚足を持ち帰ってくれたクリストファーを落胆させたくないし、実際、その気持ちは嬉しいので、遊馬はぎこちない笑顔で感謝の言葉を口にした。

ただ、受け取ったものの、遊馬には調理法がわからない。

もといた世界なら、スマートホンで「豚足　食べ方」と検索すれば、すぐに様々なレシピを手に入れることができただろう。

だが、ここにはスマートホンどころか、インターネットすら存在しない。

遊馬としては、正直に「食べたことがない」と告白するしかなかった。

「なんだ、初めてか。なら、俺が下拵えをしてやろう」

珍しく酒でいかつい顔を上気させたクリストファーは、酔い醒ましの水をごくごく飲みながら、上機嫌で豚足の下処理をやってみせてくれた。

まずは豚足に生えた硬い毛を暖炉の火で丁寧に焼いて払い落とし、それからたっぷりの湯でグラグラと一時間ほど茹でる。

そうすることで、臭みと余計な脂が抜けるとクリストファーは教えてくれたが、遊馬は、ゆで汁から立ち上る何とも言えない獣臭さに圧倒されてしまい、正直なところ、少し気分が悪くなってしまった。

「臭みを抜くために茹でるんだ。ゆで汁が臭いのは、むしろ喜ぶべきことだろう」

青ざめた顰めっ面で、それでも律儀に作業を見守る遊馬を不思議そうに見やり、クリストファーは平然として大きなフォークを持ち出して、茹で上がった豚足を湯から引き上げた。

「本当は、何かハーブでも入れて臭み消しにすればもっといいんだが、急なことで手持ちがないからな。だが、これで、かなり臭いはなくなったはずだぞ」

そんなことを言いながら、クリストファーは、愛用の小刀で、二本の豚足をそれぞれ四つずつに切り分けた。

茹でたての断面には、いかにも脂肪とコラーゲンを感じる弾力と艶があって、なるほど、これは貴重な栄養源だと遊馬は実感したものだ。

そんな風にクリストファーが下拵えしてくれた豚足を改めてしげしげと眺めてから、遊馬は冷えて硬くなった豚足を一切れずつ、指先でつまんで鍋に投入した。

指についた脂は、ごく自然な仕草で、チュニックのウエストに巻いた革製のベルトに擦りつける。

現代日本ならば、「これっ」と母親に叱られそうな行為だが、ここでは誰も咎めたりはしない。

たとえ僅かずつでもこうして油分を塗布し続ければ、皮革は深い色の艶を帯び、しなやかさを長く保つことができるのだ。

「美味しく煮えてくれよ。クリスさんの大事なお土産なんだからさ」

祈りを込めて豚足に呼びかけ、穏やかに煮えるよう火加減を調節してから、遊馬は立ち上がった。

「それにしてもクリスさん、帰りが遅いな」

とっぷり暮れてしまった空を小さな窓から眺めつつ、遊馬は心配そうに小さな溜め息をついた。

この世界では、遊馬はクリストファーの弟子である。鷹匠(たかじょう)の仕事だけでなく、国王補佐官の仕事も手伝うので、いつもは彼と共に城に出仕し、あれこれと雑用を引き受けるのが常だ。

だが今日は、クリストファーが会議に出席する予定があったため、遊馬は先に鷹匠小屋に戻り、大切な「国王の鷹たち」の世話や家事をこなすこととなった。

かなりワーカホリックなクリストファーは、決まった休日というものを持たない。

国王であるロデリックが休暇をとり、補佐官の仕事がない日だけクリストファーも休めるのだが、実際は、普段こなしきれない残務が山積みになっていて、それを片付けるだけで休日は終わってしまう。

そんなわけで、クリストファーだけでなく、彼の弟子である遊馬も、そう頻繁(ひんぱん)に仕事を休めず、男所帯ゆえに家事は溜まる一方なのである。

「明るいうちに、繕(つくろ)い物をしておいてよかった。ここでは、日が落ちると、細かい仕事はできないもんな」

クリストファーが持つ灯りが見えないかと、窓に顔を近づけて外を見た遊馬は、「あ」

と声を上げた。

小さくてゆらゆらする緑色がかった窓ガラスに、ぽつぽつと小さな雫がくっついている。

「雨だ!」

遊馬はハッとして窓から離れた。

今日は朝から上天気で、雨が降る気配などなかったのだが、彼が今いるマーキス王国は小さな島国である。

海流や風の影響を受けて、天気が変わりやすいので、にわか雨は決して珍しくない。

「ああ、これが元いた世界なら、傘を持ってクリスさんを迎えに行くのに」

遊馬は、思わず低い天井を仰いだ。

この世界には、まだ日用品としての傘が存在しない。

たとえば国王ロデリックや宰相フランシスが陽射しの強い日や雨の日に外出するとなると、おつきの者たちが大きな天蓋のような、畳めない傘を頭上に差し掛けて彼らを守る。

だが、そうしたよほど高貴な人々でない限り、皆、雨の日の外出時には、フード付きのマントや外套を羽織って対処するのみだ。

無論、そうしたフードつきの上着の布地は蠟引きになっていて、雨水を通さない工夫はされているが、しょせん、その程度なのである。

それを不思議に思い、自分が知っている傘の構造を説明し、「使ってみたくないか」と遊馬が訊ねてみたとき、クリストファーは即座に「我々には必要あるまい」と断じた。

どうやらクリストファーにとっては、雨に濡れることより、片手を常に傘に奪われることのほうが具合が悪いらしい。

なるほど、そういう考え方もあるのかと感心する遊馬に、クリストファーは、「お前は、よほど平和でゆとりのある世界から来たのだな」としみじみ言ったものだ。

「そうは言っても、やっぱり傘、あったほうがいいと思うんだけどな。せめて、拭くものを用意しておこう」

遊馬が、普段タオルとして使っている麻布を数枚、自室の衣装箱から持ち出したそのとき、小屋の入り口の扉を開く音がした。

「あっ、帰ってきた！」

遊馬は慌てて居間へ駆け戻る。

果たして小屋の入り口には、全身びっしょり濡れそぼち、短い髪からポタポタと雫を床に落としているクリストファーが突っ立っていた。

「今、帰った。慣れた道とはいえ、灯りが消えたら危うかったな」

どうやら、自分の体で庇(かば)いながら、どうにか金属製のランタンに収めた蠟燭(ろうそく)の火だけは守り通してきたらしい。

その火を彼が吹き消すなり、獣脂のむっとした臭いが辺りに漂った。

「お帰りなさい、クリスさん！」

「おう。遅くなってすまん」

「そんなのはいいです。むしろ、お疲れ様です！　っていうか、はい、これ。早く拭いてください。風邪引いちゃいますよ」

遊馬は慌てて麻布を広げ、クリストファーに差し出す。

長身のクリストファーは、礼を言って布を受け取ったものの、すぐにそれを使おうとはしなかった。

「これしきのことで風邪を引くほど、俺はやわじゃないぞ。むしろ、床を拭く雑巾を持ってきてくれ」

「またそんなこと言って。床なんか、あとでいいです。まずは、クリスさんです。だいたい、自分の免疫系を過信しすぎなんですよ。お腹を出して寝て熱を出して、僕を死ぬほど心配させたの、もう忘れたんですか？」

珍しくツケツケと言い返した遊馬に、クリストファーはタオルの下の面長の顔を気まずそうに歪め、「すまん」と詫びた。

つい二ヶ月ほど前、二人は嵐で被害を受けた村落を視察して回る旅の途中、疫病騒ぎに巻き込まれ、とある小さな集落に足止めされた。

もとの世界では医学生だった遊馬が、公衆衛生学の知識をフル活用して、どうにか疫病、つまり感染症の蔓延を防止することができたのだが、彼が奮闘しているさなか、クリストファーがいきなり発熱し、頭痛を訴えたのだ。

幸い、疫病ではなくただの軽い風邪で、クリストファーはすぐに回復したのだが、まさか彼が……という恐怖は、遊馬を凄まじく消耗させた。

無事にこの鷹匠小屋に帰還するなり遊馬はベッドに倒れ込み、そのまままる一日、目覚めなかったほどだ。

その記憶が新しいだけに、クリストファーは素直にタオルを受け取り、まずは頭を、それから面長の顔をゴシゴシと拭いた。

「床、濡れたっていいですから、暖炉の前で暖まったほうが……」

「いや、その前に濡れた服を脱ぐ。そうすれば、床をあまり汚さずに済むだろう」

麻布を頭に引っかけたまま、クリストファーはごつい手で、上着の前を留めている紐を首元から丁寧に解き始める。

いくら質素に暮らしているクリストファーといえども、国王補佐官として執務に当たるときは、それ相応の服装を心がけている。

今、着ている衣服は、彼が持っている中では儀式用の礼服に次いで高価なものなので、大切に扱わねばならないのだ。

「手伝います」

遊馬も、下のほうから紐の結び目を解きつつ、クリストファーの厳めしい顔を見上げた。

「今日の会議、ずいぶん長引いたんですね」

クリストファーは、渋い顔で頷いた。

「ここしばらく、嵐だ疫病だと厄災が続いたせいで、あれこれ話し合う項目が多かった」

「ああ、そりゃそうですよね」

「また、いくつかの議題が恐ろしく紛糾してな。まあ、国の未来にかかわる重要なことがらばかりだったし、揉めたおしたとはいえ、有意義な議論だったと思う」

「それはよかったです」

遊馬は、言葉少なに相づちを打った。

そんなに紛糾したという議題に興味はあるが、クリストファーは、話していいことなら、勿体ぶらずに遊馬に詳しく説明してくれるはずだ。

(言わないってことは、これ以上突っ込んだことは、訊かないほうがいいんだろうな)

そう判断して遊馬が黙々と手を動かしていると、クリストファーは少し可笑しそうに言った。

「会議が長引くにつれ、あちこちから腹が鳴る音が聞こえてな。涼しい顔で無視していた宰相殿下も、ロデリック様の腹の虫が騒いだときにはたまりかねて、女官を呼んで茶と菓子を持ってこさせてくださった」

「ふふっ」

国王ロデリックも出席した厳粛な会議の席で、腹の虫の合唱、いや輪唱だろうか……とにかく、ぐー、きゅるきゅる、という音があちこちから響き渡る光景を想像しただけで、遊馬もつい噴きだしてしまった。

「でも、よかったじゃないですか。お菓子、美味しかったですか？」

「急に命じられた女官も焦ったのだろうが、配られたのは、小指の先ほどの焼き菓子が二つきりだ。まあ、何もないよりはよかった。一つはお前への土産に持ち帰ろうかと思ったが、そうしなくてよかった」

「上着のポケットに突っ込んだりしていたら、今頃びちょびちょのグチャグチャでしたね。クリスさんの胃袋に無事に収まってよかったです」

笑顔で応じつつ、遊馬は最後の紐を解いた。クリストファーは、できるだけ床を濡らさないよう、そろそろと慎重に上着を脱ぐ。

「上着、しばらく、暖炉の傍に干しておきましょうか」

「ああ、頼む」

雨を吸い込んでズッシリ重い上着を受け取った遊馬は、暖炉の近くに椅子を引っ張ってきた。背もたれに上着を丁寧に掛け、優しく引っ張って皺を伸ばしておく。

クリーニング店などない世界ゆえ、上等な衣類ほど、洗濯が難しい。形崩れしないよう上手に乾かしてから、ブラシで汚れを落とすしかないだろう。

「床は僕が拭いておきますから、早く着替えてきてください。ちょうど豚足も煮えた頃だし、夕飯にしましょうよ」

遊馬がそう言うと、クリストファーは帰宅して初めてのいい笑顔になり、ずっと頭から引っかけてきたタオルを取り、遊馬に手渡した。

「そうか、豚足か！　本来はお前への土産だったものだが、喜んでお相伴にあずかろう。菓子が呼び水になって、すっかり腹ぺこなんだ」

「美味しく煮えてるといいんですけど。大急ぎで支度しますね！」

「では、俺も急いで着替えてくるとしよう」

本当に大股に自室へと向かうクリストファーを見送るや否や、遊馬も塩壺を取りに台所へ駆け込んだ……。

「あちッ！　でも、美味しい！」

「だろう?」

遊馬のシンプルな感想に、普段着に着替えたものの、まだ湿った髪をしたクリストファーは、愉快そうな笑みを見せた。

いつもは台所の小さなテーブルで食事をする二人だが、今夜はクリストファーの身体(からだ)の冷えを心配した遊馬の提案で、暖炉の前にラグを敷き、その上に座って夕食を摂(と)ることにした。

「家の中で野宿しているようだな」

そう言って笑いながら、遊馬の提案が気に入ったらしきクリストファーは、ラグの上に胡座(あぐら)を掻(か)き、野菜たっぷりのスープを旨(うま)そうに味わった。

一方の遊馬は、例の豚足を手づかみで齧(かじ)っているところだ。

せっかく火の近くにいるのだからと、クリストファーがよく煮えた豚足を大きなフォークに差し、暖炉の火でこんがりと炙(あぶ)ってくれたので、皮の表面はカリカリ、内部はゼラチン状のプルプルという何とも面白い食感に香ばしい風味が加わって、思いのほか旨い。

皮に含まれる脂で手と口をベトベトにしながらも、やっと現れた少しばかりの肉を、前歯でくわえて引っ張り、骨からやすやすと引き剝がしながら、遊馬は照れ臭そうに笑った。

「お肉をこんなワイルドな食べ方したの、初めてです。そもそも豚足が生まれて初めてですけど、思ってたよりさっぱりして食べやすい」

「そうだろう。どれ、俺も食おう」

ラグの上にスープの椀を置き、クリストファーも大きな手で豚足をひときれむんずと摑み、迷わず齧り付いた。

「うん、いい豚足だ。塩加減もちょうどいい。どうだ、元気の出る食い物だろう」

ムシャムシャと上手に豚足を食べるクリストファーを感心して見やりつつ、遊馬は同意した。

「ホントですね。最初に見たときはギョッとしましたけど、こんなに繊細な味なんだ。それに、豚足の出汁が出たスープも、凄く美味しい。クリスさんが、上手に下茹でしてくれたおかげですね」

「子供の頃から、食い慣れているからな。豚足と豚の尻尾は、豚を潰したときだけ子供たちに与えられる、格別なおやつなんだ」

「おやつ！　この世界にもずいぶん慣れたと思いましたけど、やっぱりまだまだ驚くことがたくさんあるなあ。……ああ、もしここに柚子胡椒とかがあったら、味変できて、もっと美味しくなるのに」

季節ごとのハーブ程度は手に入るが、いわゆるスパイシーな調味料というものが、この世界の料理には致命的に欠けている。

柚子胡椒のほどよい刺激を懐かしむ遊馬に、クリストファーはギョロリとした目を好奇心に輝かせた。

「ユズコショウ？　それは、旨いものか？」

「ああ、ええと、柚子と唐辛子……何て説明すればいいかな。香りのいい果物と、辛味の強いスパイスを調合して作るペーストなんです。凄く爽やかな香りがして、舌がピリッと痺れて……」

遊馬の説明に、クリストファーは目を剝いた。

「待て。舌が痺れるというのは毒の証だろう。危ないぞ」

遊馬は笑って片手を振る。

「違いますって。そういうスパイスがあるんです。僕のいた世界では、辛い料理がけっこう流行ってて」

「舌が痺れる料理を、好んで食うというのか？」

訝しむクリストファーに、遊馬は苦笑いで頷いた。

「改まって訊かれたら、確かにちょっと変な感じですね。僕も、あんまり辛いものは得意じゃなくて。でも、たまにちょっと食べると、何となく身体がスッキリするんですよ。新陳代謝が上がって……」

「シンチン……なんだと？」

「えっと、どう言えばいいかな。そうですね、辛いものを食べると、血の巡りがよくなるんですよ」

豚足を綺麗に骨だけにして食べ終えたクリストファーは、古布で手を拭きながら唸った。

「ほう。さっきのお前ではないが、お前の世界の話はずいぶん聞いたと思ったのに、まだまだ知らんことがあるものだな。そのユズコショウとかいうものを、俺も食ってみたいものだ」

「食べてほしい！　柚子も唐辛子も、近い代替物がここにあったらいいんですけど、ちょっと思い当たらないですね。そもそも、ちゃんとした製法も知らないし、柚子胡椒作りは、さすがに実現できないかなあ」

「そうか。それは残念だ。……ああ、実現といえば」

クリストファーは、再び椀に手を伸ばして言った。

「お前が最初に言い出して、ついに実現の運びとなった、城の地下を見世物にする例の計画が、さっきの会議でも話題に出たぞ」

「ああ！　『囚人体験ツアー』ですね！　お客さんに地下牢囚人体験をしてもらって、ついでに例の隠し部屋も見学してもらって……っていう」

遊馬は思わず声を弾ませた。

初夏の嵐で城の石壁が崩れ、偶然発見された、城の地下にある隠し部屋。それは、ロデリックが治めるマーキス王国をかつて存続の危機から救った伝説的英雄、グウィン王子の亡骸を末永く祀るために再現された、生前の居室であった。

死してなお国を守り続けることを期待されていたグウィン王子の亡骸は、ロデリックによってその重責から解き放たれ、母なる海へと還された。

その一方で、地下の小部屋はそっくりそのまま残っている。

遊馬はそれを観光資源として利用するよう、ロデリックに進言した。

伝説の王子の亡骸が、生前とそっくり同じに人知れず「暮らして」いた隠し部屋と聞いて、興味を惹かれない者などいるまいと遊馬は力説し、ロデリックも同意した。

だが、そこに「囚人体験」を追加しようと言い出したのは、意外にも、ロデリックの弟であり、学者肌な兄とは対照的な現実主義者である、宰相フランシスだった。

国土のあちこちが嵐で被害を受けたため、その復興には、時間と労力、そして大金が必要である。

限りある国の財源をいたずらに切り崩すだけでなく、これまで疎かにしてきた観光業に新たに注力することで、諸外国からやってくる人々に、官民双方に金を落として貰いたい。

そのためにフランシスが打ち出した計画は、一見、やけっぱちのようでありながら、実はかなり斬新かつ魅力的なものだった。

国の内外の人々が関心を示すものの、本来は容易に足を踏み入れられないはずのマーキス城の中へ、観光客を招き入れる。

しかも悪事を働かない限り見る機会すらないであろう地下牢で、囚人として手荒に扱われるというスリリングな体験をさせれば、必ずや評判になり、多くの人々の目と足を、この小さな島国に向けさせるに違いないというのだ。

「お城に部外者を入れる代わりに、囚人扱いって名目で鎖に繋いで、好き勝手にうろつけないようにするってのは凄い名案ですけど、なかなか過激な企画だから、没になるかなって思ってました。あれ、本当にやるんですか？」

眼鏡の奥のつぶらな目を期待に輝かせる遊馬に、クリストファーはホロリと笑って頷いた。

「フランシス様の奇抜なお考えに、ロデリック様も大いに賛成なさっていてな」

「でしょうね」

「疫病(えきびょう)騒ぎで一時、計画は止まっていたが、今は再開され、崩れた地下牢の修復も順調に進行しているそうだ。しかもロデリック様の発案で、かつてあのお方が投獄(とうごく)された独房も、城の地下に再現してはどうかと」

　遊馬は思わずポンと手を打った。

「懐かしいなあ！　この世界に来るなり、僕は牢屋に放り込まれて、お隣の牢にロデリックさんがいて……。もうすぐ死刑になりそうだっていうのに、地下牢で滅茶苦茶(めちゃくちゃ)楽しそうに暮らしてましたね、あの人」

　しみじみと二年前のことを思い出す遊馬に、クリストファーはやれやれというように首を振った。

「そういうお方だ。心の内はともかく、いつも飄々(ひょうひょう)としておられる。……それはともかく、諸々(もろもろ)の環境が整い次第、まずはマーキス王室と親交が深い国々の王族や有力貴族を招待して、試験的に囚人体験を楽しんでいただく予定だそうだ」

　それを聞いて、遊馬は首を傾(かし)げる。

「マーキス王室と親交が深いっていえば……真っ先に思い浮かぶのは、ポートギース王国の方々ですよね？」

ポートギース王国には、ロデリックの異母弟、つまりフランシスの実弟であり、美貌の「姫王子」ことヴィクトリアが嫁いでいる。

夫であるポートギース国王ジョアンとは、互いに利益を得るための政略結婚ではあったが、意気投合したふたりは、カップルというよりむしろ戦友として、貧しい国を守り立てるべく奮闘を始めた。

今はマーキスより一足先に、城を目玉にした観光業で、小さな国を少しずつ豊かにしている。

クリストファーは立ち上がり、鍋から熱々のスープのお代わりをよそいながら肯定の返事をした。

「そうだ。とはいえ、さすがに国王夫妻を囚人扱いするわけにはいかんから、おそらくはご息女のキャスリーン姫をお招きすることになるだろうな」

「ああ！　それは最高の人選かも」

遊馬の童顔に、楽しげな笑みが広がっていく。

ジョアンと亡き先妻の間に生まれた一人娘のキャスリーンは、よく言えば活動的で勇敢、あけすけに言えばなかなかのお転婆少女である。しばらくマーキスに滞在した折、血の繋がらない伯父であるロデリックやフランシスとも既に打ち解けており、「囚人体験ツアー」のモニター役としては、もっとも適任だろうと遊馬は思った。

どっかりとラグの上に胡座を掻き、熱いスープを吹き冷まして口に運びながら、クリストファーは悪戯っぽい目を遊馬に向けた。

「何を他人事みたいに言っているんだ」

「はい？」

「キャスリーン姫が地下牢へ行くときには、間違いなくお前がお供を仰せつかるぞ」

「あっ」

「ポートギースでもここでも、お前とキャスリーン姫はさんざん冒険を共にした相棒みたいなものだ。今さら知らん顔はできんだろう」

さっきまでの笑顔はどこへやら、遊馬は思わず頭を抱える。

「ああ、そうだった。姫様のお供とはいえ、僕、また囚人にされるのか」

「諦めて付き合え。どうせ、数時間のことだ」

「それはそうですけど、特に悪いこともしていないのに、人生で二度も牢屋に入れられるのはちょっと……」

コンコンコン！

突然、小屋の扉がノックされ、遊馬とクリストファーはほぼ同時に食器をラグの上に置いた。

日が落ちてから、鷹匠（たかじょう）小屋を訪れる者はそう多くない。

用向きが何であるにせよ、二人にとっては「事件」の予感しかないので、ほぼ反射的に身構えてしまう。

「俺が出る」

クリストファーは低くそう言って立ち上がると、大きな身体（からだ）からは信じられないほどの敏捷（びんしょう）さで、足音を立てずに扉に近づいた。

外の気配を数秒窺（うかが）ってから、「誰だ」と鋭い声で誰何（すいか）する。

『書簡（しょかん）をぉ！　お届けに参りましたぁ！』

扉の向こうからは、まだ少年らしい、酷（ひど）く緊張して上擦った声が聞こえる。

おそらく、城内で働くまだ歳（とし）若い使用人のひとりだろうと遊馬は察した。

書簡の発信者の名を告げられないということは、それはこの国で唯一無二の人物、つまりロデリックから、ということを暗に意味する。

クリストファーは厳しい面持（おもも）ちで扉を開け、短いやり取りの後に何かを受け取って、扉を閉めた。

「城で何度か見かけたことがある、召使い見習いの子供だった。城から駆けてきたんだろう。夜は冷えるというのに、汗みずくだった」

そう言いながら、クリストファーは足早に遊馬の近くに戻ってきた。

現在、家の中の照明といえば暖炉だけなので、そこに近づかないと「書簡」を読むことはできないのである。

「汗？　雨じゃなくて？」

「雨はもう止んでいた。何か駄賃にやれたらよかったんだが、豚足は食ってしまったし、今は菓子や果物の手持ちもないし。また今度、街中で流行りの駄菓子でも買って渡すとしよう。……それにしても」

クリストファーは、筒状に丸められ、美しいリボンで結び留められた「書簡」を、暖炉の炎にすかすようにしてしげしげと見た。

「封蠟がされていない。よほど急ぎだったのか……紙も、いつもの羊皮紙ではないな。ずいぶん小さいし、ゴワゴワした奇妙な手触りだ。それにしても、いったい何が」

そう言いながら慌ただしくリボンを解き、紙を広げたクリストファーは、「む」と小さく唸り、顰めっ面になった。

「これはお前宛だな」

思いがけない師匠の言葉に、遊馬はキョトンとして自分を指さす。

「はい？　僕にですか？　あの、それ、やっぱりロデリックさんから？」

「それも含めて、お前が自分で確かめろ。お前宛である以上、俺が読むわけにはいかん」

真面目な性格のクリストファーは、「書簡」から顔を背けて、遊馬に受け取れと促す。

「じゃあ、失礼して」

遊馬は戸惑いつつ、自分も立ってクリストファーから「書簡」を受け取った。なるほど、確かに羊皮紙ではない、やたらごわついて、表面が凸凹した紙だ。

「あれ、これ、もしかして」

「何と書いてある？　火急の用か？」

自分が読むわけにはいかないが、用件には関心が大ありのクリストファーは、早く読めと遊馬をせっつく。

紙質が気になった遊馬だが、確かに、まずは用向きを把握せねばと、暖炉の火で書面を照らし、「うわ」と渋い顔になった。

「どうした？　お前がそんな顔をするとは、よほど厄介なことが？」

「ああいえ、それ以前の問題です。インクが滲んじゃって。これ、お使いしてくれた子の汗が染みたとかじゃないな。たぶん、元からこう……ああでも、どうにか読めます」

「なら、早く読め」

「ええと、『アスマへ　真夜中の鐘が鳴る頃、図書室で待つ　R』ですって。これだけです。Rって、ロデリックさんのことですよね？」

遊馬が書面から顔を上げると、クリストファーは盛大な顰めっ面になった。

「……ああ、そうだ」

「真夜中に、図書室で？　図書室って、お城の中にある、あの立派なお部屋のことですよね？」

クリストファーは、なおも険しい面持ちで、小さく顎を上下させる。

「先代の国王陛下の亡骸が発見された、いわくつきの場所だ」

「そうでした……！　なんだかずっと昔のことみたいだけど、二年前でしたね、あれ」

「ああ。まあ、そんなことは、ロデリック様はもはや気になさらないだろう。代々の王族が命を落とした場所など、どこの城にも何カ所かはあるものだからな」

「物騒だな！　僕なら、そんな家には住み続けられませんけど……王族の人たちは、メンタリティが庶民とは違うんですね、きっと」

「かもな。それはともかく、何故、お前だけがロデリック様に呼び出しを？」

クリストファーに怖い顔で問われ、遊馬は気まずそうに首を横に振る。

「そんなこと、僕が訊きたいですよ。何かまずいことをしたってわけじゃないですよね？あ、もしかして、マーキス島の観光案内地図の製作が遅れてる……とか、そんなことを叱られちゃうのかな」

「阿呆。国王陛下御みずから、そんな些末なことで、しかも俺の弟子だけを呼び出して叱るわけがあるか。百歩譲っても、その手のお叱りはフランシス様から俺にあるはずだ」

「それもそうですよね」

クリストファーの呆れ顔に、遊馬もちょっと恥ずかしそうに首を竦めた。

華やかな美貌を誇り、知恵者との評判が高い宰相フランシスだが、実は意外と短気で怒りっぽいところがある。国民にはそんな一面は決して見せないが、身内となると話は別だ。

クリストファーと、その弟子である遊馬は、フランシスからしょっちゅう長く厳しい小言を食らっている。無論、それは八つ当たりなどではなく、筋が通った怒りであるだけに、二人とも辟易しつつ、従順に拝聴せざるを得ない。

「うーん、だったらどんなご用事なんだろう」

「俺にもわからん。……いや、待てよ」

クリストファーは、精悍な顔を引きしめ、顎に手を当てた。

「ロデリック様がいつもお使いになるのと違う紙、封蠟もない。使いの子供など、如何様にでも騙せる。これはもしや、罠ではないか？」

遊馬はギョッとして一歩後ずさる。

「それは、いくら何でもまさかですよ。僕なんか、こんな大袈裟なやり方で誘い出さなくたって、どこででも殺せます」

身体は小さいし、力だって弱いし、といささかの自虐を込めてそう続けた遊馬に、クリストファーは真顔で同意する。

「それは、確かに。だが、どうにも不安だ。気が進まないなら、行かなくてもいいぞ？　ロデリック様には、夜が明けてから確かめれば済むことだ。呼び出しが本当で、ロデリック様がお怒りなら、お前を止めたのは俺だと、いくらでも詫びてやる」

クリストファーの言葉には、遊馬を案じる気持ちが滲んでいる。それをありがたく思いつつも、遊馬は「行きます」と答えた。

「だが……」

「王様ともなれば、僕みたいな得体の知れないよそ者とお喋りするには、真夜中じゃないと無理なのかも。少なくとも紙については、ちょっと心当たりがあるので」

「そうなのか？」

「ええ、まあ。それに、『呼び出しに応じないんなら、こっちから行く！』みたいになったら、困るのはクリスさんじゃないですか」

「……それはそうだな！」

クリストファーは、おそらく無意識に、眉間(みけん)に指先を当てた。

国王に即位してからは、マイペースなロデリックも、さすがに立場を自覚して慎重に行動している。それでもごくたまにストレスが閾値(いきち)を超え、切実に息抜きを欲して、この鷹匠小屋に単身やってくることがある。

無論、ぬかりのないフランシスが護衛を手配しているだろうが、危険なことに変わりはない。そのたび、主君のメンタルを守るためにお忍び訪問を許容しつつも、クリストファーがゴリゴリと神経をすり減らしていることを、弟子である遊馬は誰よりもよく知っている。

「大丈夫ですよ、お城の中ですし」

「さっきも言ったが、城は決して安全な場所ではない」

そう明言してクリストファーは大きな溜め息をつき、きっぱりと言った。

「お前が行くというなら、俺もついていく」

「いや、でも、呼び出しは僕ひとりなんじゃ……」

「図書室まで送り届けるだけだ。それならよかろう」

強い調子で言い張って数秒沈黙したクリストファーは、幾分語調を和らげてこう付け加えた。

「でないと、お前が戻るまで、俺が心配でならんのだ」

「う……。それは、確かに。僕、弱っちいですからね。襲われても戦えないし、逃げ足も遅いし」

情けない顔でそう言った遊馬の頭を大きな手でポンと叩いて、クリストファーは苦笑いした。

「それは事実だが、それだけじゃない。お前が、俺の弟子だからだ」

「クリスさん……」

「とにかく、真夜中の鐘までには、まだ時間がある。腹がくちくなって眠くなったろう。少し寝ておけ。俺もそうする」

そう言ったクリストファーは、低い天井に両手が触れないよう、やや窮屈そうなポーズで伸びをしてから、両手を下ろして嘆息した。

「アスマ、お前はおそらく、とんだ厄介ごとを引き受けてくるだろう。だが、気にするな。それは仕方のないことだ」

「そりゃ、国王陛下の命令には、僕ら庶民は逆らえないですもんね」

　遊馬は笑って茶化そうとしたが、クリストファーは真顔で「いや」と否定した。

「そういうことじゃない。子供の頃からそうだった。懇願するでもなく、恫喝するでもなく、ただ淡々と語るだけなんだ。それなのにあのお方は、相手を意のままに動かすのが実に上手い。気をつけろと言いたいが、気をつけたところで意味はあるまい。まあ、先に言っておく。気に病むな。俺は慣れている。粛々として巻き込まれよう」

　そんな、諦めとも慰めともつかない師匠の言葉に、遊馬は胸にもくもくと入道雲のような不安が盛り上がるのを感じつつ、曖昧に頷いてみせた……。

城の長い廊下を歩きながら、遊馬は、クリストファーに送ってもらって本当によかったと痛感していた。

さすがに城内は、深夜でも廊下の壁面に適度な間隔を空けて灯りがついているので、明るいというほどではないが、暗くて困ることもない。

城に高貴な客人を迎えるときは、高価な蜜蠟の蠟燭を惜しみなく使うが、今は、壁面の凹みに油を満たした鉢を置き、そこに浸した芯の先端に火を灯している。

おそらく、魚油を用いているのだろう。独特の、生臭みを帯びた臭気をわずかに感じるが、どこもかしこも天井が高いおかげか、不快なほどではなかった。

それはいいとして、当然のことではあるのだが、少し歩くとすぐに警備の兵隊たちに行き合うせいで、遊馬はそのたびにドギマギしてしまう。

おそらく遊馬ひとりならば、たとえある程度城内で顔が知れていたとしても、「こんな夜中に何の用だ」といちいち咎められ、とても図書室までたどり着けなかったに違いない。

だが、国王補佐官のクリストファーの顔を見ると、警備兵たちは皆、恭しく敬礼し、何も言わずに通してくれる。

（クリスさん、やっぱり凄いんだなあ）

遊馬が、前を行くクリストファーの広い背中に尊敬の念を新たにしていると、城の外から、微かに厳かな鐘の音が聞こえてきた。

真夜中の鐘である。

鳴らしているのは城内の鐘楼ではなく、海辺に建てられた、海の女神ネイディーンを祀る神殿だ。

「もう鳴っちゃった！」

思わず声を上げた遊馬に、クリストファーは「急ぐぞ」と、本気の大股で歩き出す。

「ま、待ってくださいよ。置いていかないで！」

小柄な遊馬には、クリストファーと同じ速度で歩くのは難しい。いきおい小走りにならざるを得ず、図書室がある城の奥まったエリアに辿り着く頃には、すっかり息が上がってしまっていた。

重厚な観音開きの扉の前に立ち塞がる、一般の警備兵より装飾的な防具を身につけた近衛兵二人は、丁重だが断固とした口ぶりで、「室内には、アスマ・サイジョウしか入れない」と告げた。

もとより中まで入ろうとは思っていなかったクリストファーは、「声が聞こえる範囲でブラブラしているから、何かあったら本気で叫べ」と遊馬に告げて、その場を離れた。

本心では、そのまま扉の前に控えていたいのだろうが、それでは近衛兵の仕事を奪い、彼らを信頼していないとアピールしてしまうことになる。

国王補佐官ともなると、あちらこちらに気遣いをしなくてはならないのだな……と気の毒に思いつつ、遊馬は近衛兵からかなり厳しいボディチェックを受け、まったくの丸腰であることを証明してから、ようやく図書室へと通された。

背後で、静かに扉が閉まる。

「うわあ……」

遊馬の口から、ごく自然に感嘆の声が上がった。

おそらく、通常の建物の三階分ほどもある広大な図書室は、昼間に来ると、その壮麗で優美な内装に圧倒される。

長年かけて蒐集され、書架に隙間なく並べられた膨大な書物はもとより、ドーム状の天井に描かれた神話のワンシーンや、壁面や柱の漆喰細工など、美術・工芸的なデザインも素晴らしいのだ。

しかし、今のように深夜に訪れると、この場所はまた異なる魅力を見せる。

光と闇だ。

貴重な書物を守るため、昼間から、ここは決して明るい場所ではない。光は明かり取りの細い窓からリボン状に差し込み、決して直接書物には当たらないよう、注意深く設計されている。

窓は月明かりさえも厳しく制限していて、室内は建物の外よりなお暗い。

足の下にある毛足の長い絨毯が、遊馬には、まるで彼を絡め取ろうとするねっとりした闇そのもののように感じられた。

「アスマ」

その闇の中から、月の光と同じくらい冴え冴えした声が、遊馬の名を呼んだ。

すっかり耳に馴染んだ、国王ロデリックの声だ。

だが、いくら声がするほうを見ても、遊馬には、ロデリックの姿を認めることはできない。

（近衛兵さんたち、灯りも持たせてくれなかったもんな。確かに、本に火を放ったりされたら大変だけど）

閉口しつつ、遊馬は控えめに、ロデリックに呼びかけてみた。

「国王……陛下？　どこですか？」

「ここだ」

笑みを含んだ声が聞こえるとの同時に、金色の小さな光が、遊馬の前方に見える。

「？」

「此方(こなた)へ」

ゆらゆら動く光の正体は、ロデリックが掲(かか)げる燭台(しょくだい)であるらしい。だがそこは、どうやら書架の間の通路のようだ。

（あれ、てっきり、読書用のテーブルで話すんだと思ってたのに）

なんとも風変わりな場所に自分を招き寄せようとしているロデリックを訝(いぶか)りつつも、一国の王の招きを拒否するわけにもいかない。

遊馬は、柔らかすぎて油断すると転びそうになる絨毯を一歩一歩踏みしめ、両手で周囲に障害物がないことを確認しながら、光のほうへと近づいた。

「年寄りのようにヨタヨタと歩いておったな」

開口一番、そんな意地悪なからかいを投げかけたロデリックは、書架に挟まれた細い通路のいちばん奥まった場所へ行き、絨毯の上に無造作(むぞうさ)に腰を下ろした。

彼の前には低い小テーブルが置かれ、その上に燭台と水差し、それにゴブレットなどが並べられている。

遊馬は一瞬呆気(あっけ)に取られたが、自分が国王の顔を不躾(ぶしつけ)に見下ろしていることに気づき、慌てて自分も絨毯に座り込んだ。

「こ、こんばんは、陛下」

「人払いはしてある。わたしのことは、常のとおりに呼ぶがよい」

向いていないとぼやきつつも、国王の職務に真摯(しんし)に向き合っているロデリックだが、やはりこうしたプライベートな時間には、たとえひとときでも肩書きを取り払い、ひとりの人間に戻りたくなるのだろう。

そうした気持ちはわからないでもないので、クリストファーも遊馬も、ごく限られた内輪の場では、ロデリックに即位前と同様、ややカジュアルに接することにしている。

「あの、どうしてこんなところで？　あっちに立派なテーブルも椅子(いす)もあるのに」

遊馬のもっともな疑問に、ロデリックは澄ました顔で答えた。

「野遊びのようで面白かろう？」

遊馬は、ぺたんと座り込んだ絨毯の柔らかな手触りを楽しみながら、曖昧(あいまい)に頷(うなず)く。

「僕とクリスさん、今日は夕食を暖炉(だんろ)の前で、床に座り込んで食べたので、僕にとっては、今夜、二度目の室内ピクニックですよ。確かに真夜中の図書室でこのシチュエーション、本好きとしてはちょっとときめきますけど、でも、どうしてまた？」

遊馬のもっともな疑問に対して、ロデリックは酷く醒めた目で、サラリと言った。

「遊びでもあり、用心でもある。本は、音をよく吸うゆえ、よい障壁になる」

「音を、吸う？」

遊馬は、ギョッとして辺りを見回した。

「まさか……この部屋、他に誰かいるんですか？　さっき、二人きりだって」

「わたしがここに来る前、フランシスが徹底的に室内を検めておる。賊が入り込むことは万に一つもないであろうが……」

「が？」

「そのフランシスが、密偵を潜ませておるやもしれぬであろう？　ここなれば、よほど近くに寄らねば、我等が静かに話しておる限り、声は聞き取れぬはずだ」

ロデリックは常識を語るような口調でそう言ったが、遊馬はたちまち顔色を変えた。

「密偵なんて、そんな、まさか！　フランシスさんは、もうロデリックさんを裏切ったりしませんよ！　少なくとも、僕はそう信じてます」

遊馬は、いつものんびりした彼にしては珍しく、真顔で抗議した。

確かに、遊馬がこの世界に呼び寄せられるきっかけを作ったのは、他ならぬフランシスである。

ロデリックの異母弟であるフランシスは、かつて、取り巻きの貴族たちにロデリックの悪評を吹き込まれ、彼を排して、自分が国王にならんと画策したことがある。

そのとき、父王殺しの濡れ衣を着せられ、投獄されて、まさに死刑を待つばかりだったロデリックの命を救うために、ヴィクトリアが魔術師ジャヴィードに依頼して異世界から召喚したのが、他ならぬ遊馬だった。

もとの世界では医学生で、将来的には法医学者を志していた遊馬は、先代国王の死の真相を死体検案によって解き明かし、どうにかロデリックの無実を証明することができた。

しかし、無事にお役御免になったとしても、異世界人の召喚というのは、「呼ぶは易し、戻すは難し」であるらしい。

大魔術師と自称するジャヴィードであっても、思いのままに遊馬を元の世界に戻すことはできず、この世界と遊馬のいた世界が近づく、適切なタイミングが訪れるのを待たなくてはならないそうだ。

そのあたりのメカニズムは、説明されたところで遊馬には理解しきれないが、とにかく元の世界に戻るためには、この世界で生き延びるより他はない。なすすべなく始まった新生活だったが、はや二年の月日が経ち、遊馬はすっかり、この世界のマーキス王国に馴染んでしまった。

打ち解けた人々の中には、兄の人柄や、隠していた「爪」の鋭さに気づき、今は弟として、宰相として、ロデリックを力強く支えるようになったフランシスも含まれている。

背中に当てた大きなクッションにゆったりともたれ、黒い長衣の下で片膝を立てたロデリックは、その膝小僧に手を置くという実にリラックスした姿勢で、面白そうに遊馬を見やった。

「ずいぶんと容易く人を信じるのだな、そなたは」

「そういうわけじゃないです。僕だって、元の世界にはどうしても信用できない人の一人や二人……いや、もっといますよ。でも、フランシスさんのことは、信じられる人だって感じてます。勘だろうって言われたら、そうかもしれませんけど」

「ほう。ならば、そなたの勘は、なかなか捨てたものではないぞ」

「えっ？　ってことは、ロデリックさんも、フランシスさんを信じてる……ってことですか？」

薄く微笑して、ロデリックは頷く代わりにゆっくりと瞬きする。遊馬は、たちまち困惑顔になった。

「なのにどうして、フランシスさんが密偵を潜ませているかも、なんて酷いことを言ったんです？」

するとロデリックは、いささか心外そうに片眉を上げた。

「そなたは、密偵という言葉を悪く受け取りすぎだ、アスマ」

「ええっ？」

「考えてもみよ。兄であり、国王であるわたしが、異なる世界から来たそなたと何を語らおうとしておるのか、弟であり、宰相でもあるフランシスが大いに関心を持つのは当然のことであろう。密偵というのは、単に己の代わりに『耳』となる者、という意味合いに過ぎぬ」

ロデリックは子供を宥めるような口調でそう言ったが、遊馬はいささか不満げに言い返した。

「えぇー？　そもそも、フランシスさんが僕たちの会話に興味があるなら、ご本人が同席すればいいじゃないですか。……あ。もしかして、こんな時刻までまだお仕事が残ってて、それで来られなかった、とか？」

師匠のクリストファーだけでなく、フランシスも、そして目の前でのんびりしているロデリックすらも、遊馬から見れば、度を超した働き者たちだ。

それでもまだロデリックは自分の時間を確保することに熱心だが、他の二人は、プライベートが減するほどに働く悪癖（あくへき）がある。だからこそ、人々の信頼を勝ち得るのかもしれないが、遊馬としては、現代日本の公衆衛生学でやたら横行する横文字業界用語の中でも、「ワークライフバランス」という言葉を教えたくなるほどだ。教えたところで、聞き入れてくれるはずもないので言わないのだが。

心配する遊馬に、ロデリックは肯定も否定もせず、さらりと話題を変えた。

「先刻、外でクリスの声がした。あれの声は大きくてよく通る。つくづく密談のできん男だな」

話をそらされたことはやや不満だが、さすがに一国の王をそんなことで咎（とが）めることはできず、遊馬は素直に応じた。

「クリスさんが深夜の外出を心配して、ここまで送ってきてくれたんです。たぶん話が終わるまで、そのへんをウロウロして待ってるんじゃないかな」

するとロデリックは、何故かニヤッとして、「それは重畳（ちょうじょう）だ」と言った。そして、遊馬が「どういう意味ですか？」と訊ねる前に、水差しに手を伸ばした。

国王手ずから飲み物を注いだゴブレットを差し出され、遊馬は恐縮しながら受け取る。

「国王陛下にお酌（しゃく）していただくなんて。ありがとうございますっていうか、申し訳ないです」

「わたしがそなたを招いたのだ。もてなすのは当然であろう。とはいえ、深夜に強い酒を口にしては、この後の眠りを損なうであろうからな。蜂蜜の軽い酒を水で割ったものだ」

酒を満たした自分のゴブレットを、ロデリックは軽く持ち上げてみせる。

いつものことだが、今夜も話はロデリックのペースで一方的に進みそうだ。そう思いながら、遊馬もゴブレットを目の高さまで持ち上げ、乾杯に応じた。

もてなしという言葉は決して軽口やイヤミではなかったらしく、晩餐会を主催するときと同じように、ロデリックは遊馬に先んじて、錫製のゴブレットに口をつけた。

まずはホストが毒味をする、という意味合いだ。

(真夜中に呼び出しておいて、こういうところだけは律儀なんだよなあ)

内心、少しばかり呆れつつ、アルコールにあまり強くない遊馬は、まず、ほんの少しだけ酒を味わってみた。

この世界に来てから、リンゴ酒と並んで口にする機会が多いのが、蜂蜜酒である。

その名前からはこっくりねっとりと甘い酒を想像するが、実際は、使われる蜂蜜の量も、他に入れる素材も千差万別で、味わいもアルコール濃度もまちまちだ。

飲んでみるまでどんな酒かはわからないという意味合いでは、なかなか危険な代物なのである。

今夜の蜂蜜酒は、ロデリックの言葉のとおり発酵が浅めで、甘さと酸味のバランスのいい、どちらかといえば甘口の白ワインに似た味わいのものだった。

それをたっぷりの水で割ってあるので、遊馬の味覚でたとえるなら、かなり薄めた果実酢飲料やスポーツドリンクに近く、とても飲みやすい。

キンキンに冷えていればもっと美味しいだろうが、ここでは氷はたいへんな贅沢品である。ロデリックならともかく、遊馬が気軽に手に入れられるようなものではない。

「それで、いったい僕にどんなご用ですか？」

ゴブレットを卓に戻して遊馬が訊ねると、ロデリックは皿に盛られた焼き菓子を遊馬に視線で勧めてから、こう切り出した。

「久々に、そなたとふたりで語ろうてみたいと思うてな。日のあるうちは国王の職務に忙殺されておるゆえ、睡眠を削るより、こうした時間を持つ手立てがない。明日はさぞ眠い一日になるであろうが、やむを得ぬ」

遊馬の目から見たロデリックは、並外れてマイペースではあるが、傍若無人ではない。基本的に心優しい人物でもある。

それでも何故かときどき、相手の都合を慮るというスキルが著しく欠落しているように遊馬は感じるときがある。まさに、今がそうだ。

　こうして深夜に呼び出されれば、ロデリックも寝不足になるだろうが、それに付き合うクリストファーと遊馬も同様である……ということには、まったく思いが至らないらしい。

（ああでも、フランシスさんもそうだし。そうそう、あの気遣いの人、ヴィクトリアさんにだって、そういうところはあるなあ。いくらロデリックさんの命がかかってるっていっても、まったく無関係の、違う世界にいる僕を問答無用でここに呼び寄せちゃったんだし。王室に生まれると、自然とそうなっちゃうのかもな）

　元の世界に帰せるあてもないのに遊馬を召喚したことを、ヴィクトリアは誠心誠意詫びてはくれたが、そういえば、少しも後悔してはいなかった。あの独特のメンタリティこそが、国を統治する人間には必要な資質なのかもしれない……などと思いながら、遊馬は控えめにロデリックに労りの言葉をかけた。

「それは……凄くお疲れ様です！　でもどうして、わざわざ僕と話を？　ロデリックさんの傍には、フランシスさんも、クリスさんもいるのに」

　遊馬は戸惑いながらも、正直な疑問をぶつけてみた。それに対するロデリックの答えは、実に明快だった。

「無論、懸案事項について、異世界人であり、我等と異なる視点や考えを持つそなたの意見を聞きたい。されどそれ以上に、そなたには、ただわたしの話を聞いてほしいと思うておってな」

「それは、はい、喜んで。でも……」

　同じ言葉を繰り返すことを避け、口ごもる遊馬に、ロデリックは淡々とした口調で言った。

「思いを言葉にすること、他者に説明することで、わたし自身の心が整う。絡まっていた思考が解きほぐされて一本の鎖となり、扱いやすくも手を入れやすくもなる。今のわたしには、それが必要なのだ。だというのに、フランシスもクリストファーも、わたしの話を黙って聞くということができぬ。すぐに諫(いさ)めようとしたり、異議を唱えたり……あるいは口うるさく小言(こごと)を」

「ふふっ。城下の皆さんは、国王陛下がしょっちゅうお小言を頂戴(ちょうだい)してるなんて、想像もしないでしょうね」

「笑いごとではないぞ。そなたはその点、物怖(ものお)じせぬし、フランシスに負けず劣らずはっきりと意見を口にするが、その前に、わたしの話にひととおり耳を傾けるであろう。それは、なかなかに得難い美徳なのだ、アスマ」

　奇妙なところで褒(ほ)められて、遊馬は困り顔で首を横に振る。

「僕には、フランシスさんやクリストファーさんみたいな瞬発力がないだけですよ。だけど、ロデリックさんのお役に立てるなら、伺います。何の話を？」

「頼む。今宵は、何はさておき学び舎のことだ」

「学び舎……学校が、何か？」

ロデリックは頷き、自分から先に焼き菓子をひとつつまんで口に放り込んでから、やや不明瞭な口調で答えた。

「くだんの疫病騒ぎの折、封鎖された海辺の集落で、そなたやフランシスが学び舎の教師を務め、それが民たちに大いに喜ばれたと聞き及んでおる。これまで、その話を詳しゅう聞く余裕はなかったが」

それを聞いて、遊馬は自分も遠慮がちに皿に手を伸ばし、おそらくはクリストファーたちが会議中に供されたものと同じであろう小さな小さな焼き菓子をひとつ口に入れた。そして、それをじっくりと味わいながら、美しい海辺の集落での「臨時学校」のことを思い出した。

「僕は子供の相手があんまり得意じゃないので、教師としてはてんでダメでした。でも、フランシスさんは大人気でしたよ。女の子たちにとっては、物語から抜け出して来た王子様みたい……じゃなくて、本物の王子様なんでした。とにかくみんな、目がハート型になってました」

「なんと。眼が、心臓の形に？」

「あっ、すみません。僕の世界のたとえです。ときめいちゃってたってことですね」

「なるほど、あれはまれに見る美男子だからな。あれの顔を見て、心惹（ひ）かれぬ女性はこの世にひとりとておらぬだろう」

　日頃、口うるさい小姑（こじゅうと）のようだと弟を評するロデリックが、こと容貌（ようぼう）については諸手（もろて）を挙げて大絶賛するのが面白くて、遊馬はニコニコして同意した。

「ええ。でもかっこいいだけじゃなかったんですよ。お城から持ってきてくださった童話の本を子供たちに情感たっぷりに読み聞かせたり、文字や言葉を石板に書いたり、貝殻（かいがら）を並べて、簡単な算数の問題を作ったり。教え方がとても上手で、しまいには大人たちもチラチラ覗（のぞ）きに来て、一緒に授業を受けてましたよ」

　遊馬の話に、ロデリックは「ほう」と感心した様子で耳を傾ける。

「体調が回復してからは、クリスさんも体術を教えたりして……。あ、すみません。ロデリックさんのお話を聞く時間なのに、僕が喋（しゃべ）り過ぎましたね」

「いや、よいのだ。お前の話を聞いて、確信した。やはり、現状のやり方では不足も甚（はなは）だしいな」

もはやトレードマークになっている、露出度が極限まで低い黒衣をまとったロデリックは、衣服と同じ色の、緩く編んで垂らした髪の先端を指先で弄りながら嘆息した。

遊馬は、甘みはごく控えめだが、全粒粉の香ばしさとガリッとした食感が心地よい焼き菓子を惜しみつつ飲み下し、ロデリックの青白い顔を見た。

「学校のシステムのことですか？　城下町には常設の学校があるけれど、城壁の外の集落はそうじゃないってことは、僕も聞きました」

ロデリックは頷き、視線を書棚のほうへ向けた。

「以前も言うたと思うが、我が父たる先代国王は、民の教育を重視しておった。その父王の意向に添うて、すべての集落に、マーキス城下から教師を派遣しておったが、やはり、それでは足りぬな」

遊馬は真剣な面持ちで同意する。

「僕たちがいたヨビルトン集落でも、教師はときどき巡回してくるだけなので、簡単な読み書きや計算ができるようになるのが関の山だって……勿論、それだって、何もないよりはずっといいとは思うんですけど」

遊馬のフォローを、ロデリックは厳しい顔で遮った。

「最低の水準に軸足を置いて如何する。たとえ小さき島国であろうと、理想は高く持たねばならぬ」

それを聞いて、遊馬はハッとした。

「それ！　ああ、僕、やっぱり日本人だなあ。つい、最低ラインを定めたがる癖、まさか僕にもあったなんて。講義で習ったときは、『昔の日本人はこれだから』とか言ってたのに、僕だってそうじゃん」

突然、反省を始めた遊馬に、ロデリックは軽く眉をひそめる。

「む？　それは如何なる意味合いだ？」

遊馬は、恥ずかしそうに答えた。

「前に少しお話ししたことがあったと思うんですけど、僕が医科大学で学んだことの中に、公衆衛生学ってのがあるんです」

ロデリックは興味深そうに相づちを打つ。

「ああ。確か、皆が健やかに生きられる手立てをさまざまな観点から考える学問……と、そなたは言うておったな。疫病に立ち向かう折にも、大いに役立ったと」

「凄い！　ちゃんと覚えててくださったんですね」

「その学問は、わたしにとっても大いに興味深いゆえな。民が健やかであることは、王の心よりの願いだ。願うのみならず、そうなるよう努めねばならぬ」

国民の前で演説するときはともかく、こうしてプライベートな話をするときは、ロデリックの声は小さく低く、時に嗄れたりもする。

それなのに、彼の言葉には、遊馬の胸を打つ強い力があった。

「大学の公衆衛生学の講義は全然面白くなかったですけど、ここで、あのとき教わったことが、感染症から集落の人たちの命を守るのに役立ったときは、僕自身、とても感動しました。それで、その……公衆衛生で習った、健康にまつわる法律なんですけど……」

「む、民を健やかならしめるための法が、そなたの世界にはあるのか」

遊馬は講義の記憶を一生懸命にたぐり寄せながら返事をした。

「大きな戦争に負けた後、ズダボロになった僕の国を建て直すためにできた憲法に、こうあるんです。『すべて国民は、健康で文化的な最低限度の生活を営む権利を有する』って」

じっくり嚙みしめるように耳を傾けていたロデリックは、ますます眉根をきつく寄せ、眉間に深い縦皺を刻んだ。

「最低限度の生活を営む権利……とは、なかなか消極的であるな」

遊馬も真顔で頷く。

「確かに。でも、ある意味、仕方がなかったんだと思うんです。戦争に負けて、たくさんのものを失って、もうどん底からのスタートですから、まず最低ラインを決めて、これ以下には生活レベルを落とさせないぞって決意で始めたんだろうなと」

「なるほどな。何も持たざる政府としては、まずは民を死なせぬよう努めるところから始め、徐々に水準を上げて、暮らし向きを充実させていこうという心根か」

「おそらく。まあでも色々あって、なかなかその『充実させていく』のが難しいみたいなんですけど。で、その憲法ができたのとほぼ同時期に、ＷＨＯ、つまり世界保健機関……ええと、なんて言えばいいかな。たくさんの国が協力して、世界じゅうのみんなで健康になろうよ、って感じの団体があるんですけど」

「まことか！　すべての民を健やかにするために、数多(あまた)の国が力を合わせると申すか！　そなたが住む世界には、さような気運があるのだな？」

　ロデリックはクッションから背を浮かせ、珍しく熱を帯びた声で先を促す。遊馬は申し訳なさそうに、眼鏡(めがね)を指先でちょいと押し上げた。

「あるにはあります。でも、なかなか現実は厳しくて、目的は果たせていないのが現状ですけど」

「それはやむを得まい。そうした組織があるということ自体、わたしには信じられぬよ。自国の民のことならともかく、他国の民をも健やかならしめんとするなどと」

「ダメですか？」

「よい悪いの問題ではない。他国の民を健やかにすれば、その国の力は増す。強き力を得たその国が、我が国に攻め込んでくるやもしれぬ。さようなことは、考えぬのか？」

　思いがけない鋭い突っ込みに、遊馬は思わず頭を抱えた。

　この世界に来たばかりの頃なら、「そんな心の狭いことでどうするんですか」くらいは言ったかもしれないが、マーキス王国やポートギース王国での日々を重ねた今では、国を維持する、守るということがいかに困難な事業かを、遊馬は痛いほど理解している。

　他国を富ませるなどとんでもない、というロデリックの思考を、間違っているだの狭量だのとはとても言えないのである。

「実際、そういうこともあるんだろうな、と思います。僕らの世代は戦争を知らないから、平和ボケしてるところが確実にあるんです。だけど……そのＷＨＯが、世界的な戦争が終わってすぐの頃、『世界のすべての人々が、可能な限り高い水準の健康に到達すること』を目的に掲げてるんですよ」

　ロデリックは、考え事をしているときの癖で、顎に片手で触れながら、低く唸った。

「そちらは『高い水準』ときたか」

　遊馬も、頷きながら自分の見解を述べる。

「世界じゅうを巻き込んだ戦争でしたから、それがやっと終わったとき、これからは世界が平和で、みんなが幸せになりますように、そうしないと！　って願った人が多かったんだと思います。だからこその、理想は高く、対象は世界のみんな、なんじゃないでしょうか」

　何故かWHOを庇う感じになってしまった遊馬の意見に、ロデリックは注意深く耳を傾け、そして言った。

「ふむ。なるほどな。他国を利することについては、わたしはまだ納得できぬ。されど、高き理想については、わからぬでもない。目指すべき地点を高くしておけば、人間は、そこへ上りつめようと奮起する生き物であるからな」

「はい。勿論、最低ラインを定めるやり方も、最高到達点を決めるやり方も、どっちも間違いじゃないと思います。命を守るための最低ラインを決めて、それを国が保証するように法を定めることは、凄く大事です。でも、やっぱりそれだけでは……」

「そなたの国もまた、最低水準と共に、国を挙げて目指す場所をも同時に示しておくがよかったのであろう。視線を下げ、常に眼前の地面のみを見て歩いていたのでは、遥か彼方に輝く星には気づけぬ」

　ロデリックの意見に、遊馬も真摯な面持ちで同意した。

「僕もそう思います。やっぱり人間って、何かあったら空を見上げるじゃないですか。頑張るときも、高いところを見ながら、あそこまで行くぞって気合いを入れて進みたい。たとえ叶えられないとしても、届かないとしても、遠いところ、高いところに理想や目的を持っていたい。ここに来て、余計にそう思うようになりました。……その、今の僕にとって、それは『元の世界に帰る』だと思うんですけど」

遊馬の言葉に、ロデリックはいつもの怜悧な笑みを浮かべた表情に戻り、満足げに息を吐いた。

「やはり、そなたと語らうと得るものが多い。遠き場所、高き場所に目的を置く、か。その、公衆衛生とやらの話は、また別の機会を設けてとっくり聞くとして、今は、学び舎のことだ。集落の子らと直に接したフランシスは、城下の子らのみならず、集落に住まう子らにも、常に学べる場を与えるべきだと言うておる。わたしも同感だ」

遊馬は、深く頷いた。

「僕もそう思います。僕の国では、義務教育というものがあるんです」

「義務……教育？　誰に対しての義務なのだ？」

怪訝そうなロデリックのために、遊馬は説明を加えた。

「行政と大人ですね。子供たちに、ある程度の年齢までは、生きていくのに役立つ様々なことを勉強させる義務を、大人たちが負うんですよ。それって、子供たちを不当な労働から守るって意味合いもあって」

遊馬はそこで言葉を切り、遠慮（えんりょ）がちにもう一つ焼き菓子を口に入れてから、言葉を探すようにゆっくりと話を再開した。

「集落にいるとき、僕は、子供たちが大人に交じって、色々な仕事を手伝うのを見ました。彼らはそうやって親の仕事を少しずつ覚え、大人になる準備をしている。それも大事な勉強のひとつだと思います。否定するつもりは、僕にはないです」

「……ふむ」

ロデリックもまた、ゴブレットの酒を舐（な）めるように味わいながら、遊馬をジッと見つめる。

「でも、同時に彼らは、労働力としても少しばかりカウントされているでしょう？」

「で、あろうな」

「学びと、遊びと、労働。バランスが保たれているならいいですけど、戦争や疫病（えきびょう）で大人が減れば、子供たちが家族や集落の人たちの生活を支えないといけなくなる。親が養いきれない子供たちが、『資源』として売買される可能性もある。そうしたことから子供たちを守るためにも、教育は、そして学校は大切だと思うんです」

「国王をはじめ、すべての大人に、子らを守り、学ばせる義務を課すというわけか」

なるほど、と呟くように言い、ロデリックは遊馬のほうへ焼き菓子の皿を押しやってから、うんざりした様子で高い天井を仰いだ。

「昨夜の会議が紛糾したのは、そのことが原因のひとつであった」

遊馬はありがたく焼き菓子をいくつか手のひらに取り、ポリポリと齧りながら相づちを打つ。

「クリスさんの帰りが遅くて、凄く疲れた顔をしていたので、よっぽどのことなんだろうと思ってたんですけど。学校のことでしたか」

するとロデリックは、ゴブレットに軽く唇をつけたまま、吐き捨てるように言った。

「父王の頃より少しも変わらぬ。議会の年寄りどもの中には、民の教育に消極的な者が少なくないのだ。王室直轄の集落はともかく、そうした連中が治める集落では、教師の巡回すら何かしら理由をつけて拒否するようなことがあると聞いておる」

「どうしてです？　僕には理解できないな」

ビックリして訊ねる遊馬に対して、ロデリックは皮肉っぽいお得意の笑みを浮かべて言い返した。

「そうか？　わたしには、理解できぬことはないがな」

「そうなんですか？　じゃあ、どうしてその人たちは、子供の教育に反対したりするんです？」

遊馬の疑問に対するロデリックの返答は、実に簡潔だった。

「民が賢くなることを望まぬからだ」

ますますわからなくなって、遊馬は頬が肩につくほど首を傾げる。

「どうして？　国民がみんな賢くなったら、今やってる仕事のシステム……ええと、仕組みや業務内容を改善したり、新しいことを思いついたり、今よりずっと生活も仕事も改善できるんじゃ……」

「それを厭うておるのだ」

ロデリックは、暗青色の双眸をそっと伏せた。

「民は愚かであるほうが統治が容易い。知恵をつけ、自我を育て、みずから考え、判断する力を持てば、為政者の無能や、統治の不具合、あるいは扱いの不平等に気づいてしまう。連中は、それを恐れ、避けようとしておる。そのために、学び舎の充実を妨げようとしておるのだ」

「とんでもないバカだな！」

滅多に強い言葉を使わない遊馬も、さすがに呆れ、腹を立てて声のトーンを上げた。ロデリックは、静かにというように、唇に人差し指を当ててみせる。

「あ……すみません、つい。だけど、それって単なる身勝手じゃないですか。自分が愚かなのを隠して楽をするために、他人が賢くなるのを邪魔するなんて。他人を便利な道具にするようなことは、絶対に許しちゃダメです」

ロデリックは、ただ視線で先を促す。遊馬は憤りを素直に言葉にした。

「みんなが賢くなったことで揉めるなら、揉めまくって、それぞれの立場から色んな意見が飛び交ったほうが、きっと国の未来のためにはいい。そんなことでぐらつく程度の国なら……いっそ倒れてしまえばいいんです。不敬だって、また牢屋に放り込まれるかもしれないですけど、僕はそう思います」

ここぞというときに突然、肝が据わる遊馬の不思議な癖を、ロデリックはこの二年で経験した様々な事件を通して、既によく知っている。

強い口調で繰り出された遊馬の主張を、ロデリックは静かな微笑で受け止めた。

「我が意を得たり、と言うておこう。そなたが投獄されるなら、わたしも共にゆき、またあのジメジメした牢で読書三昧の優雅な日々を送ろうではないか」

「それは全然、刑罰になってないのでダメだと思いますよ」

軽口に軽口で返しながらも、遊馬はロデリックの発言に戸惑いを隠せなかった。

（それって、ロデリックさんは、王様としての資質に自信があるってことなんだろうか。

それとも）

　そんな遊馬の内心の疑問を見透かしたように、ロデリックは独り言のような調子でこう言った。

「皇太子であった頃は、国王になどなりとうはないと尻込みする想いが確かにあった。されど、即位してよりは、国のため、民のためによりよき統治をと努めておるつもりだ。わたしのみならず、フランシスもな」

「それは、クリスさんや僕だけじゃなくて、国のみんなも感じてると思います。だからこそ、ロデリックさんが街に出ると、みんな、嬉しそうに集まってくるでしょう？」

「あれは、フランシスを……」

「勿論、フランシスさんは華やかだから人気がありますけど、それだけじゃないですよ。ロデリックさんは、ちゃんと王様をやってます。僕は凄くそう思います」

「喜ばしい言葉だな。そうであればよいと思うし、王位を退くその瞬間まで、たゆまず努力せねばならぬとも思う。無論、わたしより優れた者がおるならば、その者に王冠を譲るべきであろうが、少なくとも今は、わたしが王であるのがよかろうと、ささやかな自負もある。されどな、アスマ。わたしは、この国を……ああいや、今はその話はよい」

「えっ？　あの。僕は何でも聞きますよ？」

　話が広がっていきそうなところでいきなり中断され、遊馬は拍子抜けして話を続けるよう促したが、ロデリックは静かにかぶりを振った。

「今はよい。また、いずれこの件については語る機会があろう。いや、必ずや機会を作る。それまで待っておれ」

「そうですか？　じゃあ、えっと……」

「学び舎の話だ」

　自分が脱線させかけた話を強引に元に戻し、ロデリックはすぐ横にある書架から、無造作に本を一冊抜き取った。

「お前の世界では、本一冊が、茶や菓子と変わらぬ値で手に入ると、そなたは以前、申しておったな」

　遊馬は少し困り顔で弁解する。

「そういう本がたくさんある、って話ですけどね。もっともっと高価な本もあります。たとえば専門書の類とか、印刷や紙がいい愛蔵書なんかは凄く高いですよ」

「ほう。そなたの国にも、小国ひとつが買えるような本はあるのか」

「それはさすがにそうそうないんじゃないかな……。っていうか、そんな怖い本、ここにあるんですか？　どんな本なんです？」

またしても話が逸れそうなのはわかっていても、遊馬としては、質問を繰り出さずにはいられない。ロデリックはいかにも口惜しそうに答えた。

「残念だが、我が国にはない。されど、噂は聞いたことがある。アングレ王国の、国王と皇太子のみが足を踏み入れることができる図書室には、さような書物ばかりが並んでおると」

好奇心に、遊馬は目を輝かせて身を乗り出した。

「凄い。一冊じゃないんだ！　いったい、どんな本なんです？　並外れて豪華なのか、内容が凄いのか……」

あくまで噂であるが、と前置きして、ロデリックは遊馬の問いに答えた。

「表紙を高価な宝石や金で飾り立てたもの、異国の珍しい草花の標本を集めたもの、魔道の奥義を記したもの、あるいは、予言の書……」

「後半はオカルトじゃないですか！　いやでも、いかにも高そう。そういうのは……ちょっと、学校には必要ないですね」

自制心を働かせ、遊馬は好奇心がある程度満たされたところで本題に戻る。ロデリックも、するりとそれに乗った。

「ないな。というより、我等の世界には、菓子のような値段で購える書物もまた存在せぬ。

城下の常設している学び舎にすら、そう多くの書物は置けぬし、まして各集落の学び舎においては、巡回する教師に一冊か二冊を持たせる程度が関の山であった」

海辺のヨビルトン集落にロックダウンされていたときのことを思い出し、遊馬は深く頷く。

「そういえばあのとき、フランシスさんがお城から持ち出してくださった本で、集落の子供も大人も大はしゃぎでした。あんなに美しく彩られた本は見たことがないって」

「うむ。フランシスにとっても、そのことは印象深かったようだ。可能であれば、すべての集落に、いや、近隣の集落をいくつかまとめてもよいが、ともかく常設の学び舎を設け、たとえ一冊ずつでもよいから書物を備え、少なくともひとりは教師を常駐させるべきであると、昨夜の会議でも強く主張しておった。わたしも同じ考えだ。とはいえ」

ロデリックは、本の革製の表紙を触りながら、いささか残念そうに打ち明けた。

「先だっての嵐の被害から国を建て直すのに、まずは金が要る。物見遊山の客を異国より招き入れるためには、城の地下だけでなく、まずは城下全体を修復し、さらに手を入れて

……そなたの国の言葉では、何と申したか」

「マーキス王国の魅力をマシマシにする！」

「それだ。それをせねばならぬ。そこにも金が要る。金を稼ぐには、まず、金を使わねば

ならぬ」

「先行投資ですね。それはわかります」

「うむ。ゆえに、民の教育のため無尽蔵に財を投じるというわけには、現状ではゆかぬのだ」

「それは……確かに。まずは、目先のことをきちんとしなきゃってのはわかります。真っ先に衣食住、それから産業……だけど、教育も大事です」

遊馬の力説に、ロデリックは何故かニヤッと悪い笑みを浮かべた。

「という、そなたの熱意に応えてやらんでもない」

「えっ？　あれ？　僕の熱意？」

「たった今、教育も肝要であると申したばかりであろう？」

「いや……確かにそんな感じのことは言いましたけど、でも、もともとはロデリックさんとフランシスさんが仰ったことで」

「確と申したな？」

「……言いました」

しぶしぶ認めた遊馬を見つめ、ロデリックはサラリと告げた。

「無尽蔵に財は投じられぬが、まずは学び舎ひとつを設ける程度なら造作もない。本も教師も手配できよう」

「あ、それは確かに。テストケースですね！　そこで実績を作れば、他の集落に広げていける可能性も」

「うむ。議会の連中を説き伏せるにも、やはり学びの効果を見せつけるのが早かろう。ゆえに、アスマ。クリスと共に、再び、ヨビルトン集落へ赴き、彼の地に学び舎を造れ」

「えっ、僕とクリスさんが？」

ロデリックは、さも当然と言わんばかりに、冷ややかな口調で言った。

「そなたらであれば、集落の民たちとも既に懇意、子らのこともわかっておろう。着手しやすく、成果を上げやすい集落から始めるに越したことはない」

なるほど、ロデリックの言うことはすべて合理的で、遊馬に反論の余地はない。

「それ、クリスさんには？」

「明日、正式に命じるつもりだが……おそらく、その前に知ることとなろうよ」

（そりゃ、僕が帰りに絶対喋りますからね）

いささか呆れてそう思った遊馬は、ふと思い出してロデリックを見た。

「そうだ！　うっかり言い忘れていました。ここへの呼び出しのお手紙、もしかして、あの紙を？」

すると、ロデリックはたちまち珍しいほど明らかな笑顔になって、遊馬のほうへぐっと上体を傾けた。

「おお、そうであった。そなたが言うておった、羊皮紙以外の紙を作る方法を、半信半疑で試してみたのだ」

「やっぱり！」

遊馬もまた、絨毯に両手をついて、ロデリックとの距離をぐっと詰める。

「よもやあのような材料で、まことに紙が出来上がるとはな。幾度かしくじったが、初めて上首尾に出来上がったものを、そなたへの書状に使うてみた」

「完璧でしたよ！　ちょっと、字は滲んじゃって大変でしたけど」

「うむ。インクにも工夫が必要であろうな。とはいえ、いかほど手間と時間がかかろうとも、羊皮紙ほどではない。しかも羊皮紙より遥かに容易に、安価に、紙が手に入るのだ。これを使わぬ手はない。そこでだ、アスマ……」

ロデリックはついにテーブルの上に片肘を置き、指先で遊馬をさらに差し招く。公の場ではとてもできないことではあるが、遊馬も素直にそれに従った。

二人はまるで内緒話をする子供のように、互いの顔を近づけ、しばし、ヒソヒソ声で楽しげに語り合ったのだった……。

「あっ、クリスさん！　ホントに待っててくれたんですね！」

図書室を出た遊馬が、外の空気を吸いがてら回廊をウロウロしていると、背後からクリストファーが遊馬を呼んだ。

「無論だ。ひとりで城へ行くのが危ういと言ってついてきたのに、帰りは安全だと思えるはずがなかろう。ずいぶん長引いたな。大丈夫か？」

大股に近づいてきたクリストファーは、遊馬の頭を大きな手でポンと叩き、そう言った。別に、いつも怒っているというわけではないが、愛想の安売りはしないクリストファーが、やけに上機嫌な顔つきをしているのに気づき、遊馬は不思議に思いながら口を開いた。

「僕は大丈夫です。ロデ……陛下とのお話は、いつも楽しいですし」

「そうか。それならよかった。だが、陛下もお前も、明日は終日、眠い顔だな」

そう言って、クリストファーは城の裏口を目指して歩き出す。

「それは、クリスさんも同じじゃないですか」

「まあ、そうか。それに宰相殿下も……あっ」

「えっ？」

遊馬が驚いて見上げると、クリストファーはしまったという様子で、自分の口を手のひ

ら で塞(ふさ)ぐ。

図書室の暗がりに目が慣れていたせいで、遊馬には、クリストファーの顔がほんの少しではあるが、上気しているのがわかる。点と点が線になった瞬間、遊馬は「ああー！」と、思わず声を上げた。

「なんだかご機嫌だし、ちょっとだけお酒の臭(にお)いがすると思ったら、クリスさん、フランシスさんと一緒にいたんですね」

「こら。ここはまだ城内だぞ」

「あっ、すみません。宰相殿下と、お酒を飲みながらお話ししてたんですか？」

「まあ、そうだ。本当は、図書室近くの空(あ)き部屋に入って、寝て待とうかと思ったんだが、早々に宰相殿下に見つかってな。初めて、ご寝所に招かれた」

「ご、ご寝所⁉　えっ、そ、それって」

クリストファーの口から「ご寝所」なる言葉を聞いて、遊馬は何やら微妙な面持(おもも)ちになる。それに気づいて、クリストファーは慌てて弁解した。

「馬鹿、ご寝所といっても、色気のある話ではない。俺とあのお方だぞ？」

「それもそうですよね。じゃあ……」

「ごく私的な話をするのにもっとも安全な場所、というだけのことだ。もう一カ所の安全性の高い場所、図書室は、兄君がお使いだったからな」

迷惑そうな顔で、それでもクリストファーが律儀に説明してくれたので、遊馬は納得顔で頷いた。

「確かに。ああ、それでロデ……国王陛下が」

「陛下が何だ？」

「いえ、何でも」

（それでロデリックさん、フランシスさんが聞き耳を立てに、みずから図書室に来ることはできない、みたいなこと言ってたんだ。フランシスさんには、他に用事があるって知ってたってことだし、あのとき、クリスさんが僕についてきたかどうか、確認してきた。ってことは……）

どうやらロデリックは、弟がクリストファーとの個人的な面談を希望していることを知っていたらしいと気づいて、遊馬は再び怪訝そうな顔になった。

だが、何となくそのことをクリストファーに明かすのは気が引けて、遊馬は咄嗟に曖昧なごまかし方をしてしまった。

師匠に秘密を作るのは後ろめたいが、とにかく今は黙っていたほうがよさそうだと、本能が告げている。

「とにかく、外に出てからだ」

クリストファーがそう言ってくれたのを幸い、遊馬も「そうですね」と応じて、二人はそれきり無言のまま、城の裏手にある、使用人用の出入り口から外に出た。出口近くの灯りから火を貰ったランタンを手に、二人は鷹匠小屋へ向かって歩き出す。

裏口には警備兵が立っていたが、それ以外に人の姿はない。足元を照らしてくれるのは、ランタンの側面に空けたたくさんの穴から漏れる、弱々しい蠟燭の光だけだ。まだ濡れたままの地面は滑りやすく、二人は注意しながら、ゆっくりと家路を辿ることにした。

城から少し遠ざかったところで、クリストファーは、小声で話を再開した。

「学び舎の話、承知しているな？」

遊馬は目を丸くする。

「えっ？　じゃあ、クリスさんも」

「宰相殿下から伺った。おそらく近日中に、俺とお前はヨビルトン集落へ再び向かうことになると」

もとから話し上手とは言えないクリストファーだが、今夜はやけにブツブツとちぎれるような口調で、必要最低限の言葉だけを発する。

（クリスさんも……僕に何か隠してる？　っていうか、変だな）

遊馬は片手で眼鏡を押し上げつつ、クリストファーに訊ねてみた。

「寝室での内密のお話って、それだったたんですか？」

「あ？　あ、ああ」

「どっちも同じ話題じゃないですか！　だったら、ご兄弟と僕ら、四人で話せばよかったのに。どうしてわざわざ、話す場所を分けたんだろう」

「それは……その」

遊馬のもっともな疑問に、クリストファーは珍しく口ごもる。

嘘がつけない実直な彼は、適当に誤魔化すということができないたちだ。言いたくないことができると、黙り込むより他がない。

「何か……他にも大事な話があったんですね？」

自分で追い詰めておいて、思わず助け船を出した遊馬に、クリストファーはどこかホッとした顔で頷いた。

「まあ、話題が学び舎の件であったことは本当だ。それに加えて、宰相殿下の個人的な、うむ、非常にささやかな懸案事項があってな」

「非常にささやかな懸案事項って、何だかこう、論文だったら教授にギッタギタに校正される感じのフレーズですよ。いったいどういう……」

「お前のたとえはさっぱりわからんが、つまり、だな。兄君のお手を煩わせるほどのことではないが、あまり誰彼構わず話したいようなことでもない。そういう話だ。……その手のことは、誰にでもあるだろう」

「つまり、クリスさん以外には相談できないこと？」

「まあ……何というか、俺程度が適任だろう、という話だ。お前が気にする必要はない」

切り口上でそう言うと、クリストファーは、空いている片手で、遊馬の背中を叩いて言った。

「ともかく、今の俺たちに必要なのは、早く鷹匠小屋に戻り、眠ることだ。朝までに、そう時間はないぞ」

「それについては、完全同意です。でも……その、もう少し詳しく、話を擦り合わせませんか？　お互い、話せないことについては、いいとして。何だかちょっと、同じ話を別の場所で、別の人から聞くなんて、なんだか変な感じがして落ち着かないですよ」

遊馬の正直な戸惑いに、クリストファーも、精悍な顔に同様の困惑の色を滲ませ、頷いた。

「俺もだ。とはいえ、話の続きはいったん眠って、互いに頭を整理してから、少なくとも、朝の鷹たちの世話を済ませてからにしよう」

クリストファーの言い分はいちいちもっともで、遊馬はしっくりこない気持ちのまま、やむなく「わかりました」と承諾の返事をする。

二人はそのまま無言で、鷹匠小屋への細い道を歩いていった……。

三章　呪い、呪われ

「お待たせを致しました！」

背後から聞こえた澄んだ声に、ちょうど馬の鞍に荷物を取り付けたところだった遊馬は、ハッとして振り向いた。

こちらへ向かって駆けてくるのは、まだ三十歳にはなっていないであろう小柄な女性だった。

通常より少し短い、くるぶしがしっかり出る丈のスカートに、麻のシャツに、身体にピッタリしたチュニック、そして丈の短いマントという軽快な出で立ちだ。

何より、その華奢な肩に大きなずだ袋を担いでいるのに気づき、遊馬は慌てて手助けに行こうとしたが、一瞬早く動いたのは、クリストファーだった。

遊馬に自分の馬の手綱を預けると、すぐさま女性に駆け寄った彼は、革製のずだ袋を引き受け、それを軽々と担いだ。そして、女性をエスコートするように、並んで馬のところまで連れてくる。

（誰だろ。クリスさんの知り合いって感じの距離感じゃないなあ。僕も会ったことがない人っぽい）

ぼんやり馬の傍で立ち尽くしている遊馬の前まで来て、女性は酷く緊張した様子で、ぎこちなく身を屈め、最敬礼をした。

「申し訳ございません！　これを見せたら通れる、という書類をお城から頂戴していたのに、裏門の門番さんに見せたら、『そんな話は聞いてない』の一点張りで、押し問答になってしまったんです。幸い、口だけは立ちますから、どうにか押し勝ちましたが、とても時間がかかってしまって、お約束の刻限を過ぎてしまい……あっ」

腰を屈めたまま、一息にそこまで弁解してから、女性は顔を上げてチラと遊馬を見た。

そして遊馬が驚いて固まっているのに気づくと、パッと顔を赤らめ、再び深々と頭を垂れた。

「申し訳ありません！　名乗りもせずにペラペラと言い訳なんかしてしまって。私、ハンナ・クロスビーと申します！　初めてお目もじ致します。あの、国王補佐官のフォークナー様でいらっしゃいますよね？　想像よりずっとお若いので、ビックリしてしまいました」

「えっ？」

おそらく年上であろう彼女に、いきなり丁重な挨拶と自己紹介をされて面食らった遊馬は、すぐ、人違いされていることに気づき、大慌てで訂正した。

「いえ、違います！　僕はその、クリスさんの助手です！　本物のクリスさんはお隣に」

「えっ？」

女性はくりっとした目をまん丸にして、まずは目の前の遊馬を、それからいかにも恐る恐る、自分の隣で、無造作にずだ袋を担いだクリストファーの顔を見上げ、悲鳴に似た驚きの声を上げて飛び退った。

動きやすそうな旅装とはいえ、なかなかキレのいい動きである。

「えええええッ!?　嘘っ、だって、国王補佐官閣下が、私の荷物なんかを持ってくださるわけがないでしょう！」

それに対するクリストファーの反応は、実に彼らしく、明快だった。

「嘘ではない。俺が、国王補佐官のクリストファー・フォークナーだ。そして今、実際にあんたの荷物を持っている。あと、俺は閣下などと呼ばれるような人間ではないのでやめてくれ」

クリストファーには悪気はなく、まして女性を威圧するつもりなど毛頭ない。ただ、彼も単純に戸惑っているだけなのだが、何しろ身体が大きく、顔つきが精悍で、声が野太く、話し方がややぶっきらぼうときては、初対面の相手を怯えさせるには十分である。

　服装からして明らかに平民の彼女としては、いきなり国王補佐官の不興を買ったと感じて動転するのも無理はない。

「も、申し訳ありません！　知らぬこととはいえ……あの、そうだ、私の荷物を返してください！」

「そう言って、ハンナと名乗る女性は、クリストファーから自分の荷物を取り返そうとした。しかし、クリストファーは、顰めっ面で言い返した。

「すぐに荷を馬に積むんだ。あんたに返しても意味はあるまい」

「ですけれど……！」

　彼女は遊馬と同じくらい小柄だし、だいいち、国王補佐官と知った上でクリストファーの身体に触れることもできず、謎の踊りのような動作で狼狽えることしかできない。

「ど、どうしましょう、どうしましょう、そこの人。私、どうしたら」

　いきなり救いを求められて、遊馬は「えっ、僕ですか？」と軽くのけぞった。

「その、どうしたらって、とりあえず何もしなくていいと思いますよ。荷物はクリスさんが積んでくれますし。それより、あなたはいったい……」

状況がまったく呑み込めない遊馬に、手短に説明したのはクリストファーだった。

「その人が、俺たちと一緒にヨビルトン集落へ行く、学校の教師になる人だ。そうだろう、ハンナ・クロスビー先生？」

先生と呼ばれて、ハンナは直立不動になる。

「は、はい、そうです！　不肖ハンナ・クロスビー、初めて城下以外で常設になる学校の、専任教師を仰せつかりました！」

ようやく目の前の女性の立ち位置がわかって、遊馬は改めて挨拶をした。

「そうだったんですね！　人違いとはいえ、ご挨拶をいただいたのに、お返ししなくてすみません。はじめまして、僕、アスマ・サイジョウといいます。クリスさんの弟子だったり助手だったりしています。よろしくお願いします」

そう言って遊馬がペコリと頭を下げると、ハンナはようやく少し落ち着きを取り戻し、にっこりした。

「こちらこそ、よろしくお願いします。改めて、ハンナ・クロスビーです、サイジョウ様」

「僕には、様は要らないですよ。アスマで……呼び捨てで大丈夫です」

遊馬はそう言ったが、ハンナは「とんでもない」とかぶりを振った。

「私、まだ親しくない方を呼び捨てにするのにまったく慣れていないんです。じゃあ、せめてアスマさんで」

「わかりました」

少し和み始めた二人の会話に、クリストファーは無遠慮に割って入る。

「おい、こんなところで話し込んでいては埒があかんだろう。話は、道中でもできる。早く出立するぞ。荷物はこれだけか、先生？　馬には乗れるんだろうな？」

「ちょっと、クリスさん。もう少しこう……なんていうか、優しく！」

遊馬は、クリストファーを小声で窘めようとしたが、ハンナはさっきの動揺がようやく鎮まったのか、少し落ち着いた声で返事をした。

「荷物はそれだけです。馬は、暴れ馬でない限り、乗れます」

その簡潔な返事が気に入ったのだろう、クリストファーはようやくニッと彼らしい笑顔を見せて言った。

「なら、大丈夫だ。馬丁が、あんたのために気立てのいい馬を選んである。おい、頼む！」

クリストファーが手を上げて呼ぶと、城詰めの馬丁が、いかにも大人しそうな鹿毛の馬を引いてくる。クリストファーは、その馬の鞍にハンナの荷物を括り付けた。

「これでよし。乗ってくれ。ああ、あんたは身体が小さいから、手伝いが要るか？　では、手を」

「ま、まさか国王補佐官閣下が、馬に乗る手伝いを……？」

「だから、閣下はよせ。国王補佐官はただの役職であって、俺にはちゃんと名前がある」

「では……ええと、フォークナー、様？」

「別に名でも姓でもいいが、様付けなど必要ない。とはいえ、そんなくだらんことで言い合いをするより、早く出発しよう。日が落ちる前に、ヨビルトン集落に着かねばならんからな。ほら」

クリストファーは、大きな手をずいとハンナのほうに差し出す。

その、躊躇いも下心もないあまりにも自然な仕草に、動転しっぱなしだったハンナも、半ば気圧されるように、おずおずと自分の手を差し出す。

実際、ハンナは乗馬にはある程度、慣れているようだった。

馬の鐙に片足を掛けて立つまではクリストファーの手を借りたものの、そこからはスカートを鮮やかに翻し、見事な身のこなしで鞍を跨ぐ。馬に乗る前と乗った後に、馬の首を軽く叩いて合図をするその手つきまで、堂に入ったものだ。

「お見事。おい、アスマ。先生のほうが、お前より乗馬は上手そうだぞ」

　クリストファーの遠慮なしのコメントに、遊馬は膨れっ面で言い返した。

「僕は二年前まで、ろくに馬に触ったこともなかったんですから、少しは上達を褒められたっていいくらいだと思いますよ！　っていうか、僕にも手を貸してください」

「今日はずいぶんと開き直りが早いな」

「どんなに願っても、もう身長は伸びませんから」

　ふてくされて言い返す遊馬にも手を貸してやってから、クリストファーは、自分は楽々と愛馬に跨がり、馬丁に声を掛けた。

「では、行ってくる。俺の留守中、鷹匠小屋には俺の親父が詰めているんだが、手すきのときがあれば、覗いてやってくれ。話し相手がほしいだろうから」

　まだ若い馬丁は、ニッと笑って頷いた。

「わかりました。親方からよく噂は聞いてます。干し肉でも持って、挨拶に行きますよ。道中気をつけて、鷹匠の旦那。皆さんも」

「ありがとう。では、出発しようか」

　クリストファーの呼びかけに、遊馬とハンナは揃って「はい！」と返事をする。

　旅をするには絶好の秋晴れの下、初対面の挨拶もそこそこに、三人はそれぞれの馬の手綱を取り、馬丁に見送られて城の裏門から出立した……。

最初は心地よいと思ったが、陽光を遮るもののない道を馬の背に揺られていると、やはり少しばかり暑い。

遊馬はマントのフードを頭に被りながら、前を行くクリストファーの後ろ姿を、ついで、くつわを並べるハンナを見た。

城を出てから、そろそろ二時間ほど経っただろうか。

天気や風景について短い会話はしたが、最初の活発な印象はどこへやら、ハンナはやけに口数が少なく、話はまったく弾まなかった。

(門番さんと揉めたり、クリスさんと僕を人違いしたりして、さっきは興奮し過ぎてたのかな。ほんとは、寡黙な人なんだろうか)

フランシスやヴィクトリアといった、「絶世の」と呼ばずにいられない美貌の持ち主を贅沢にも見慣れてしまった遊馬にとっては、ハンナはそういう華やかなタイプの美人ではないと感じられた。

本人も、旅支度ということを差し引いても、あまりお洒落に興味がないようだ。

服装は清潔で活動的だが実に地味で、よくいえばクラシック、別の言い方をすればやや時代遅れなデザインである。

アクセサリーらしきものは何もつけておらず、やや赤みを帯びた髪は後ろで一つにきつく編み、うなじ近くでぐるぐる巻いてまとめてある。

平民の女性の多くがそうであるように化粧は一切していないが、目鼻立ちがクッキリしているせいか、意志が強そうでなかなかに凛々しい。それでいて、木彫りの人形のような、どこか素朴な愛らしさのあるルックスだ。

(さっきは派手に慌ててたけど、こうして改めて見ると、凄くインテリジェントな感じの人だな。さすが先生……)

眼鏡が似合いそう、ラボにいそう……などと医学生らしい想像をしていた遊馬に、ハンナは馬の手綱をほんの少し操り、遊馬の馬とぴったり並んで歩くようにしながら話しかけてきた。

「すみません。なんだか、気持ちが落ち着いてきたら、今度は緊張し始めてしまって。誓って素っ気なくしたかったわけではないのに、心が乱れて、言葉が上手く出てきませんでした。せっかく何度も話しかけてくださったのに」

「えっ、あっ、いいんです！　僕こそ、変に気を回してあれこれ話を振っちゃって、すみませんでした。クリスさんみたく、そっとしておくべきだったんですね」

慌てる遊馬に、ハンナは笑顔でかぶりを振った。

「いいえ、どちらも嬉しかったです。旅の仲間だと思ってくださっているのがわかって。その、緊張をほぐしたいので、少し、お話をしても？」

「勿論です」

遊馬が応じると、ハンナはつくづくと遊馬の顔を見て言った。

「アスマさんは、不思議な眼鏡をかけていらっしゃるんですね。そんなに薄くて色がなくて、しかもつるんつるんのガラスを、私、初めて見ました。最初、レンズが入っていないのかと」

まさに眼鏡の話題である。遊馬はちょっと驚きつつも言葉を返した。

「よく言われます。その……僕は遠くの国から来たもので」

ハンナは、軽く目を見開き、頷いてから、注意深く言葉を選んでいるのがわかる口調で言った。

「ああ、やっぱりそうですのね。お顔立ちが、少し……でも、工芸技術が高いお国なのですね、アスマさんの故郷は」

「ええ、まあ」

まさか、初対面のハンナに「時間軸がずいぶんここより未来の異世界から来ました」と打ち明けるわけにはいかず、遊馬は曖昧に誤魔化して、それ以上追及されないように、ハンナに対する質問を発しようとした。

「クロスビー先生は……」

「私のことも、ハンナで結構です」

「じ……じゃあ、ハンナ先生は、マーキスの生まれなんですよね？　やっぱり城下町の？」

それは何の気なしの、ごく社交辞令的な問いだったが、ハンナはちょっと困った顔で笑って、肩を竦めた。

「そうですね。生まれも育ちもマーキス王国です。そして、城下町育ち、と言ってもいいかもしれません」

「っていうと？」

「私は、これから行くヨビルトン集落のような、小さな海辺の集落の生まれなんです。でも早くに両親を亡くして、孤児院で育ちました。ほら、城下の港の近くに、ネイディーン神殿があるでしょう？　あの中にある孤児院が、私が育った場所なんですよ」

「あ……それは……」

まずいことを訊いてしまったと、遊馬は言葉に詰まる。

二人の会話に耳をそばだてていたのだろう、先を行くクリストファーは、チラと振り返り、さりげなく口を挟んだ。

「立派な神殿だ。いいところで育ったな」

ハンナはそれを聞くなり、パッと顔を輝かせる。

「本当に！　神官様がたが、優しく厳しく温かく見守って、育ててくださいました」

「蕪のマッシュが孤児院の名物料理と聞いたが、そりゃ本当か？」

クリストファーの問いかけに、ハンナはクスクスと笑った。遊馬はその笑いの意味がわからず、「何がおかしいんです？」とハンナに訊ねる。

すると彼女は、手綱から片手を上げて、自分を指さした。

「名物だなんて仰るから。孤児院にはたくさんの育ち盛りの子供がいます。みんなを満足させるためには、お腹にたまる料理が必要で……それが、毎食出される黄色い蕪のマッシュだったたんです。他に選択肢はないんですもの」

「蕪のマッシュって……」

「大鍋にお湯を沸かして、そこに皮を剝いて切った蕪を放り込んで、塩を入れて茹でて、柔らかくなったらお湯を切って、潰すだけ」

遊馬は微妙な顔で首を捻った。

「それは……これ以上ないほど素朴そうですけど、美味しいんですか？」

正直な問いに、ハンナはまた笑った。

「まずくはないですよ」

「やっぱり、そういう感じなんだ……」

「少なくとも、あつあつでお腹がいっぱいになる。それだけでも、十分に幸せなことですから」

きっぱりとそう言ったハンナに、クリストファーは前を向いたまま言った。

「同感だ。俺は芋で育ったからな。似たようなもんだ。似た、といえば、俺はガキの頃、皇太子だった国王陛下の学友に取り立てていただき、学びをご一緒したが、あんたも」

「ええ、神官様がたが、空き時間に交代で色々なことを教えてくださいました」

ハンナはクリストファーにハッキリ聞こえるよう、声を張り上げた。

「女神ネイディーンの庇護のもと、よく学び、強い身体を養って、大人になったら必ずや、マーキスの人々のお役に立てる人間になるようにと」

クリストファーは、振り返って真顔でハンナを見て言った。

「立派なことだ。それで、あんたは先生になったんだな」

ハンナは頷く。

「はい。孤児院には、十六歳の誕生日までしかいられません。神殿を出て、どうやって生きていこうかと悩んでいたら、城下の学校で、教師見習いの職をいただきました。そして五年前、正式に教師となりました」

「じゃあ、ずっと城下の学校で？」

遊馬の問いに、ハンナは頷いた。

「ええ。まだ巡回は経験したことがありません。これが初めて。……自分から、希望したのです」

そう言ったとき、ハンナの顔には何故か微かな緊張の色が浮かんだが、遊馬はそれには気づかなかった。

「集落の子供たちと、早く仲良くなれるといいですね！」

そんな無邪気な遊馬の言葉に、ハンナは微笑み、「そうですね」と祈るような囁き声で応えた……。


ハンナを気遣って数回の小休止を挟み、太陽がゆっくりと西の空に傾きかけてきた頃、木立の向こうに、スカイブルーの海が覗いた。

「あっ、見えてきましたよ！」

安堵と懐かしさで、遊馬は弾んだ声を上げた。

季節が一つ進んでも、海は少しも変わらない。

秋の陽射しが照らす海の浅瀬は澄んだブルーとエメラルドグリーンの複雑なグラデーションだ。そこに泡立つ波の白が加わると、ちょっと喫茶店のクリームソーダのようで、その爽やかな味をうっかり思い出した遊馬の喉が、ゴクリと切なく鳴る。

しばらく馬を進めると、浜辺のほうへ下っていく分かれ道と、その入り口に、「ヨビルトン集落」と刻まれた木製のゴツゴツしたアーチが現れる。

ほんの数ヶ月前、過酷な封鎖生活を送った場所を、今日はまったく違う晴れやかな気持ちで訪れることができる喜びを感じながら、遊馬はハンナに声を掛けた。

「ここがヨビルトン集落ですよ！」

「え……ええ」

「海辺の集落としては大きいほうなんだそうですけど、それでもみんなが顔見知りの、こぢんまりしたところです。先生とも、きっとみんなすぐお馴染みになりますよ」

「……そう、だといいのですけど」

道中はそれなりに楽しげに話していたハンナだが、やはり、新しい「職場」が目前に迫ると、ほぐれていた緊張がまたぶり返してきたらしい。顔全体が酷く強張っている。

（緊張しやすいたちなのかな。頑張って、フォローしなきゃ）

クリストファーと遊馬は、しばらくヨビルトン集落に滞在し、学校が軌道に乗るまで見届け、必要なら常勤の教師に手を貸すよう、宰相フランシスから直々に命じられている。

（フランシスさん、この集落にいる間、子供たちにモテモテだったから、やっぱりどこよりも気に掛かるんだろうな）

フランシス先生と集落の子供たちに慕われ、しぶしぶを装いつつもとても楽しそうだったフランシスの姿を思い出し、遊馬の口元がひとりでに緩む。

「たっぷり休みながら来たわりに、早く着いたな」

クリストファーはそう言って、手綱をしっかり保持したまま、後ろのふたりを振り返った。

「集落に入れば、すぐに長と面談することになると思うが、大丈夫か？」

「僕は平気です」

「……私も」

「……そうか」

二人が返事をすると、クリストファーは、何故か複雑な面持ちでハンナを見たが、すぐに前を向き直った。

（あれ？　もしかして、クリスさんも緊張してるのかな。でも、ヨビルトンに来ることには、今さら緊張なんかしないよね。だったら……ハンナ先生に対して、かな）

クリストファーの奇妙な表情に気づいた遊馬は、訝しく思いを巡らせる。

日頃から、お世辞にも愛想がいいとはいえないクリストファーだが、今日は特に口が重い。休憩時間も、遊馬とハンナの会話を聞いてはいたのだろうが、ほとんど話に加わることはなかった。

ハンナが女性なので話しかけづらいのか、あるいは、国王補佐官と教師としての距離感を保ちたいのか……。

しかし、出会って間もないとはいえ、ハンナがとても礼儀正しく、誰かに馴れ馴れしく接するタイプではないと、遊馬ですらわかっている。クリストファーがそれに気づかないはずはない。

(やっぱり、女性に対してはちょっと人見知りなのかも。別に、ご機嫌は悪くなかったもんね)

そう結論づけて、遊馬はそれ以上、クリストファーを気にすることをやめ、「もう少しだよ」と、自分が乗ってきた芦毛の馬の首筋を叩き、励ました。

「めがね先生！　クリス先生！」

「かえってきた！」

「わー！」

三人が馬に乗ったまま集落に入っていくと、すぐに訪問者に気づいた子供たちが、小さくて簡素な家々から、あるいは浜から飛び出して、口々に声を上げながら集まってくる。

「こんにちは！　覚えててくれたんだね！」

「めがね先生！　忘れないよう、そのへんてこめがね！」

遊馬が馬上から声をかけると、子供たちはどっと沸く。

遊馬という耳慣れない名をどうしても覚えられなかった子供たちは、遊馬のことを、何より特徴的な眼鏡（めがね）で呼び、記憶しているらしい。

「なんだよ、僕の本体は眼鏡ってことか」

少しガッカリする遊馬をよそに、年かさの子供たちは三人の馬にそれぞれ触れて挨拶（あいさつ）し、手綱を受け取った。

「馬はまかせて！」

「お水を飲ませて、飼い葉と、何かおいしい野菜もあげるよ」

そうやって旅人の馬の世話をすることで、彼らは少しばかりのチップを得て、家族の生活の足しにしているのだ。

「おんなのひと！　クリス先生の、およめさん？」

馬から降りたクリストファーは、苦笑いでその誤解を早々に解こうとする。

「違う。この人は、ハンナ先生だ。お前たちの学校の先生になってくださる」

「先生！」

「ハンナ先生！」

集落封鎖時の「臨時学校」のことが、子供たちにはとても楽しい思い出になっているらしい。

馬を降りたハンナは、幼い子供たちに取り囲まれ、戸惑いながらもはにかんだ笑みを浮かべて挨拶をする。

「こんにちは、皆さん。お会いできて嬉しいわ」

騒ぎを聞きつけてきた集落の大人たちも集まってきて、集落の入り口は、即席の同窓会会場のようになった。

海辺の集落としては大きく、一軒とはいえ宿もある。住人は皆、よそ者にはある程度慣れているとはいえ、こうも開けっぴろげに遊馬たちを歓迎するのは、やはり疫病の恐怖におののきながら、互いに励まし合って過ごした十日間の記憶がまだ新しいからだろう。

実際は「歓迎」なのだが、あまりにも皆に取り囲まれたせいで、遊馬たち三人は、まるで集落総出で護送されているような状態で、集落の長の家へと送り届けられた。

長の家は、相変わらずほとんどの戸が開け放たれて風通しがよく、靴を脱いで上がる板の間は、ヒンヤリして足の裏に心地よい。

使用人たちは、三人を恭(うやうや)しくもざっくばらんなフレンドリーさで、長のいる部屋へと誘った。

「おいおい、大人気じゃねえか。妬(や)けるねえ。ここにいても、外の騒動は聞こえてきたぜ。何だ、今度は俺を長から引きずり下ろして、この集落を乗っ取りにでも来たのか？」

広々した居間兼執務室の、一段高くなった場所にどっかと胡座(あぐら)を掻(か)いた長のケイデンは、褐色(かっしょく)に日焼けしたワイルドな顔を歪める独特な笑顔で、入ってきた三人に、いきなりそんな冗談を投げかけた。

もはやクリストファーとも遊馬とも気心が知れた仲なので、今日はケイデンは、広い部屋にひとりだけでいる。

大切な用事と心得て、人払いをしたらしい。

クリストファーは、そんなケイデンの親しげな軽口には応じず、板の間に敷かれたラグの上に腰を下ろした。

日本で和室慣れしている遊馬は何の躊躇(ためら)いもなくクリストファーの隣に座ったが、床に直接座ることに慣れていないのであろうハンナは、いくぶん戸惑い、それでも何も言わず、遊馬と並んでゴワゴワしたラグの上に座した。

顔の下半分に髭を蓄えた大男のケイデンは、珍妙なトリオを面白そうににやつきながら観察している。

クリストファーは、やけに端正に胡座を掻き、背筋をスッと伸ばしてケイデンに相対した。

まずは腰を折るように一礼し、頭を上げてから、よく響く低い声で口上を述べる。

「此度、国王陛下におかれましては、先王のご遺志をさらにあまねく国じゅうに広めるべく、すべての集落に学び舎を、と望んでおられる。過日、海の彼方よりこの集落に上陸せんとした疫病を、集落皆の辛抱と努力により退けたこのヨビルトン集落にこそ、その試みの第一歩、最初の学び舎を設けるにふさわしいと陛下はお考えだ」

「おう。そりゃ、あんたが前もって寄越した手紙で知った。まあ、俺ぁ、小難しい文章が読めねえから、つまみ食いみたいな読み方しかできなかったけどよ。言葉をちょいちょい拾いながら読みゃあ、だいたいの意味はわかるってもんだ」

筋骨隆々とした上半身を、貫頭衣のような袖なしのシャツで覆ったケイデンは、胸元をぼりぼりと掻きながら、今さらながらにしゃちほこばるクリストファーを面白そうに見て言った。

「とにかく、ここにまともな学校をこさえるってこったな?」

そこでクリストファーは、ようやく口元を緩めた。

「そうだ。仮の教室に、たまに教師が巡回してくるのではなく、きちんと学校を建て、教師が常駐する」

「そりゃあ、願ってもねえこった。疫病封じのご褒美は国王陛下からあれこれ貰ったが、この集落の未来のためにゃ、学校がいちばんありがてえ。学のない奴が城下のお利口な連中と取引しようとしても、舐められて騙されるだけだ。学問は、これから集落を盛り立てていくガキどもには、何より必要なもんだ。そうだろ、眼鏡」

「えっ？　あっ、は、はい、そう思います！」

いきなり話を振られて、遊馬はビクンとしたが、すぐにこくこくと頷いた。

ケイデンは、そんな遊馬を見て、愉快そうに笑う。

「相変わらず、海へビみたいにヒョロヒョロじゃねえか。そんなお前が、疫病から俺たちを守り、城下で生き延びてんのは、クソみたいに頭がいいからだろ？　お前がここのガキどもに教えていった……何だっけか？　そうだ、『カモメ・ウミガメ算』とかいうやつ、お前らがいなくなってからも、集落ん中でめちゃくちゃ流行ってたぜ。おかげで俺も解けるようになった。てめえのガキに、解き方を教わってな」

「ホントですか！　嬉しいなあ」

思わぬ情報に、遊馬は声を弾ませた。

教師としての自分の至らなさを痛感していただけに、彼が教えたことを子供たちが気に入り、しかもそれが集落で流行ったと知って、嬉しさが胸にこみ上げる。

「カモメ・ウミガメ算……？」

ハンナはその耳慣れない計算に興味津々の表情で遊馬を見たが、遊馬が説明を始める前に、ケイデンは野太い声を張り上げた。

「ってこたぁ、本を貰えるのかい？　学校には、本が必要だろうが」

そう問われて、クリストファーは即答した。

「無論だ」

「こないだ、宰相殿下が持ってきたような……」

「あれは、特別な本だ。本来ならば、お城の図書室から持ち出すことなどまかりならん高価で貴重な書物を、不安がっているであろう子供たちのためにと、宰相殿下が特別にお持ちくだされたんだぞ」

説明というよりは叱責に近いクリストファーの言葉に、ケイデンはバッファローを思わせる広い肩をそびやかした。

「まあ、そりゃそうだろうな。たまげるほど綺麗な色の絵があったもんなあ。やっぱ大層なお宝だったか。じゃあ、あれよりは粗末な奴が貰えるのか？」

　クリストファーは、また頷く。

「粗末というより、子供たちの学びにふさわしいもの、何年もの実用に耐えるものを、ということだ。今日は間に合わなかったが、追って、何冊か新調した本が届けられる手はずだ」

　ケイデンは満足げに、ひげを短く整えた、がっちりした顎を撫でた。

「一冊きりじゃねえのか。そりゃなかなか豪気だな」

「それだけ、教育にさらに力を入れるおつもりだということだ。で、学び舎のことだが」

「おう。これまでは、宿の広間やら、集会場やらを臨時の学校に使ってきたが、これからは専用の建物があったほうがいいだろうと思ってな。さっそく、この集落の一番奥まった場所を切り拓いて、皆で小屋を建てた」

　それを聞いて、クリストファーは少し驚いた様子を見せた。

「やけに手回しがいいな」

「そんだけ、みんな、楽しみにしてるってこった。大人は昼間、どうしても仕事でうるさくするだろ。いちばん静かな場所に、ガキどもが勉強できる場所をこさえてやろうってことで、話がまとまったんだ」

「それはありがたい配慮だ」

「だろ？　まあ、急拵えの掘っ立て小屋だが、教室と先生の部屋を用意した。あとはおいおい、使いながら必要なもんを用意してやるよ」

「大いに助かる。俺とアスマも、しばらくはここに滞在して、学校の立ち上げを手伝うつもりだ。そして、こちらがこの集落の常勤教師となる……」

そこでようやくクリストファーは、遊馬越しにハンナを見た。

「ハンナ・クロスビーです。はじめまして。ご縁をいただき、こちらの集落に参りました」

ハンナはクリストファーの紹介を待たず、みずから名乗った。相変わらず、表情は硬く、顔色は冴えない。

ケイデンは、いかにも四角四面、そしてやや陰気ですらあるハンナの挨拶にちょっと鼻白んだ様子だったが、集落の長の威厳は保ちつつ、自己紹介を返した。

「そういや、まだあんたにゃ名乗ってなかったな。このヨビルトン集落の長、ケイデンってんだ。よろしくな、クロスビー先生よ。女先生が来るとは思わなかったが、ガキどもは喜ぶだろうよ。あんた、独り身か？」

「はい」

ハンナは、やはりニコリともせず頷く。ケイデンは、やれやれというように首を振った。

「この集落にも、独り身の若い野郎どもは何人かいる。城下から来た女先生とくりゃ、みんな張り切りそうなもんだが、そうも愛想のない……」

「ケイデン」

いささか無神経なケイデンの発言を、クリストファーはドスの利いた声で遮る。

「おっと、あんたも堅物だったもんな、フォークナー。余計なことは言わねえよ。けどまあ先生、集落の皆と仲良くしてやってくれや。ガキだけじゃねえ、大人連中も、学校ができるってのを楽しみにしてるんだ。きっとみんな、代わる代わる覗きに行くぜ」

集落の長の歓迎の弁にも、ハンナは「ありがとうございます」と慇懃に礼を言ったものの、少しも嬉しそうな顔をしなかった。

遊馬はそんな彼女の厳しく引き締まった横顔を見守りつつ、言いようのない違和感を覚え始めた。

（何だろう。ハンナ先生、休憩時間にお喋りしたときにはこんな感じじゃなかったのに。本当に、ただ緊張しているだけなんだろうか。歓迎されてるんだから、そろそろ緊張が少し解れてもいい頃なのに、むしろますます顔が険しくなってきてる気がする。それに、クリスさんも、やっぱり怖い顔をしてる。どうしたんだろう、二人とも）

ケイデンも、そこはかとない居心地の悪さを感じているのか、話し好きの彼にしては珍しく、あっさりと話を切り上げようとした。

「んじゃ、ま、学校のほうへ案内するか。あんたの家にもなる場所だしな、先生よ」

だが、ハンナはそのとき、思いきったようにキッとケイデンを見据え、改まった口調でこう言った。

「その前に、お伝えしておかなくてはならないことがあります」

奇妙に震える彼女の声に、腰を浮かせかけていたケイデンは、「お？」と訝しげに座り直した。

「何だ？」

（ハンナ先生、いったい何を？）

遊馬もまた驚き、傍らにいるハンナを見た。

彼女の顔は真っ青で、頬は板のように固く引きつっていた。上瞼が、ピクピクと小さく痙攣までしているのが、傍目にもハッキリとわかる。

（常軌を逸した緊張ぶりだ。大丈夫かな、先生。それにいったい、何を話すつもりなんだろう）

遊馬は、思わずハンナの肩越しにクリストファーを見て、ハッとした。

クリストファーは、何故か、苦痛に耐えるような顔をして、グッと唇を引き結んでいる。その表情は、まるで、今からハンナが何を話そうとしているのか、既に知っているようだった。

（何なんだ。僕だけ何も知らされてない感じ……？）

戸惑う遊馬をよそに、ハンナは両手で自分の膝をスカートの上からギュッと摑（つか）み、深い息を吐いてから、酷（ひど）く震える声で、それでもハッキリとこう言った。

「私は、ロージアン集落で生まれました」

「？」

固唾（かたず）を呑（の）んで見守っていたというのに、明かされたのは単なる彼女の出身地のみで、遊馬はガクッと拍子抜けしてしまう。

だが、そんなお気楽な反応を示したのは、遊馬だけだった。

ハンナはそれだけ言って口を噤（つぐ）み、クリストファーは険しい表情で座り続けている。だが、その指先が僅（わず）かに動き、腰に差した短剣の柄（つか）に触れたのに気づいて、遊馬はギョッとした。

（えっ？　これって、そんな凄（すご）いっていうか、物騒な情報なの？）

そんな遊馬の疑念は、ケイデンの「何だと！」という怒気に満ちた叫びで肯定された。

ケイデンは勢いよく立ち上がると、のしのしと段を下り、ハンナの真ん前で仁王立ちになった。

「あんた今、何つった？」

ケイデンの顔はさっきまでの和やかさや陽気さはどこへやら、赤黒く染まり、まさに鬼の形相である。

怒気の漲る声で凄まれても、ハンナは氷のような表情と、感情のこもらない声で静かに繰り返した。

「私は、ロージアン集落の出です。ロージアンのことは、ご存じでしょう？」

「……ご存じも何も。あの集落とは、行き来があった……二十五年前のあの夜、あんなことがあって、集落が消えるまでは」

押し殺した声で、ケイデンはそう言った。遊馬は、驚いてハンナとケイデンの顔を交互に見る。

「しゅ、集落が消える？　どういうことです？」

だがケイデンは、遊馬を完全に無視して、ハンナを睨みつけたまま言葉を継いだ。

「ロージアン集落は、あの夜、失われた。全員死んだと聞いたぞ」

「幼子だった私ひとり、生き残りました。両親が、私を上手く隠してくれたのです。私はネイディーン神殿の孤児院に引き取られ、以来、ずっと城下で育ち、生きてきました」

ハンナは感情を込めない冷ややかな声で、淡々と応じる。

クリストファーは、いつでも動けるよう身構えてはいるものの、今は二人のやりとりを見守ることに決めているらしい。鋭い視線は、主にケイデンに注がれている。

（クリスさんの様子がおかしかったの、もしかして、この展開を予想してたから？　っていうか、何が起こってるんだ。僕だけ置いてけぼりだよ……）

途方に暮れる遊馬をよそに、ケイデンは盛大に舌打ちして、一歩、クリストファーのほうへ踏み出した。どん、と床板が大きく鳴る。

「おい、フォークナー！　あんた、この女が『ノロワレ』と知ってて連れてきたのか⁉　どういう了見だ！」

「のろ……われ？　『ノロワレ』って、もしかして、『呪われ』てるってことですか？」

遊馬は、誰も答えてくれないことを覚悟しつつも、そう問わずにはいられなかった。

そして幸か不幸か、ケイデンがそれに荒々しく答えた。

「そうともよ！　お前は知らねえのか、眼鏡（めがね）」

「僕は、今、初めて聞きました。いったいどういう意味ですか？」

「どうもこうもねえよ。集落が滅びるとき、ひとりだけ生き残った奴がいりゃあ、そいつは『ノロワレ』だ」

「だから、その『ノロワレ』ってのは何なんです？」

遊馬のシンプルな問いかけに、ケイデンは苛ついたように床を踏み鳴らす。

「阿呆、『ノロワレ』は『ノロワレ』だ。集落みんなが死んだときに、ひとりだけ生き残ったってこたぁ、そいつは死神や魔物に目を掛けられ、仲間にされたってこった」

「そんな乱暴な」

「うるせえ。『ノロワレ』のいるところにゃ、仲間の魔が寄ってくる。必ず、よくねえことが起こる。もう、厄介ごとはこりごりだ！　集落の長として、あんたをここに置くわけにゃいかん。すぐに出ていってくれ！」

ケイデンは恐ろしい剣幕でハンナに迫った。だが、ハンナはラグの上にきちんと座したまま、静かにかぶりを振る。

「お断りいたします」

「なら、放り出すまでだ！」

そう言うなりケイデンは、ハンナの二の腕を大きな手で強く摑み、グイと引いた。

「痛ッ」

ハンナは苦悶の声を上げ、それでも立ち上がるまいと抵抗する。

「ちょ、ちょっと、ケイデンさん！」

遊馬は慌ててケイデンを宥(なだ)めようとしたが、そんな遊馬をやや荒っぽく脇へ押しやり、こちらも強い力で、ケイデンの手を無理矢理ハンナの腕からもぎ離したのは、やはりクリストファーだった。

「邪魔すんな、フォークナー！　俺には、この集落の皆を守るって役目がある！　『ノロワレ』をここに置いとくわけにゃいかねえんだ！」

激昂(げっこう)したケイデンは、鼻先に噛(か)みつきそうな勢いでクリストファーを怒鳴りつけ、彼の胸ぐらを摑んだ。しかし、対するクリストファーは、息苦しそうにしつつも、ごく冷静に言葉を返す。

「その役目を果たすのに、クロスビー先生をここから追い出す必要はない。『ノロワレ』など、ただの迷信だ」

「はっ！　てめえもやっぱり城下のお高くとまった連中の仲間かよ！　『ノロワレ』は迷信だってんなら、その証拠を出しやがれ！」

ぐいぐいとシャツの襟元(えりもと)を絞(し)め上げられ、クリストファーは息苦しそうに咳(せ)き込みながらも言い返す。

「そっちこそ、『ノロワレ』が迷信でないという証拠を出せ」

「集落が滅びたのは、クロスビー先生のせいじゃない」

「ああ⁉」

「んなこたぁ、わかってる！　だが！」

「何の罪もない、ただ生き延びただけの子供が、今、大人になってここにいるというだけだ。『ノロワレ』などではない」

クリストファーは静かにケイデンを諭そうとしたが、当のケイデンは、苛立ちが最高潮に達したらしい。

「うるせえ！　ここの長は俺だ！　俺が『ノロワレ』はいるといやあ、いるんだ！　そしてこの女は『ノロワレ』だ！」

そう怒鳴るなり、彼はクリストファーのシャツから手を離し……そして、その手を固く握り込んだと思うと、クリストファーの頬を殴りつけた。

「……ッ」

「クリスさんっ！」

ハンナの悲鳴と、遊馬の驚きの声と、クリストファーの押し殺した苦悶の声が重なる。

さすがに尻餅をついたクリストファーは、それでも決してやり返そうとはしなかった。

口の中が切れたのか、口角から垂れた一筋の血をぐいとシャツで拭うと、彼はゆっくりと立ち上がった。

そして、ケイデンを真っ直ぐに見据えて、憤りを無理矢理抑えつけたような掠れ声で告げた。

「あんたがどう考えようと、クロスビー先生を集落から追い出すことは許されない」

「おい。いくらてめえが国王補佐官でも、この集落では、俺が長だ！　俺に命令すんじゃねえ！」

なおも殴りかかろうとするケイデンの手首を、驚くほどやすやすと片手で握って制止し、クリストファーはそのままの姿勢で告げた。

「これは、俺の言葉ではない。宰相殿下の言葉だと思え」

「放せ！」

「いや、放さん。そのままで聞け」

体格ではクリストファーを上回るケイデンだが、クリストファーは渾身の力でケイデンの手首を摑んだまま決して解放せず、僅かに乱れた声で話を続けた。

「城下には数多の教師がいるが、集落の学校への赴任を望んだのは、ほんの数人。その中から、宰相殿下は、生い立ちを知った上でクロスビー先生を選んだ」

「それが……どうしたッ！」

ケイデンは力任せに、今度こそクリストファーの手を振り払う。

「つまり、彼女がこの集落に留まり、学校の教師となることは、彼女の希望でもあるが、何より、宰相殿下のご意志だ。それを拒むということは……」

そこで言葉を切ったクリストファーは、遊馬とハンナには聞き取れないほどの小声で、何かをケイデンに囁く。

たちまちケイデンの顔色は、面白いほどに赤と青の間を行き来し始めた。

「き……汚えぞ、フォークナー！」

「俺ではなく、宰相殿下の」

「黙れ！　御託はもうたくさんだ！」

駄々っ子のように叫んだケイデンは、怒りと不満を顔中に漲らせ、目の前のクリストファーと、ただ冷ややかな面持ちで座り続けているハンナ、それに呆然としている遊馬を順番に睨みつけた。

血走った目に、遊馬は思わず身体を硬くする。

「くそッ、好きにしろ！　だが、ガキどもは行かせねえ！　集落の連中にも、この女とは関わらせねえ。そんで……もし、『ノロワレ』をここに入れたばっかりに何かあったら、てめえもただじゃおかねえからな、フォークナー！　眼鏡もだ！　そんときゃ、生きて城下に帰れると思うなよ！」

割れ鐘のような大声でそう言うなり、ケイデンは大股に部屋を出ていく。入れ違いにドヤドヤと部屋に乱入してきた男たちに退去を迫られ、三人は、入ってきたときとは対照的に、今度こそ本当に、建てたばかりの学校へと、「護送」されたのだった……。

四章　静かな決意

扉が開閉する音に、遊馬とハンナは同時にビクッとする。

だが、部屋に入ってきたのがクリストファーひとりであることに気づき、彼らは強張った身体から少し力を抜いた。

「すまん、遅くなった。それに、驚かせてしまったか。重ねて悪かった。ノックをすべきだったな」

暗くガランとした部屋の片隅で身を寄せ合い、遊馬とハンナは不安げな顔つきをしている。そんな二人の様子に、クリストファーは酷く疲れた顔で、それでも短い髪に手をやって詫びた。

「いいんです。お帰りなさい、クリスさん。どうでした?」

掛けていた、小柄な彼でもやや小さすぎるベンチから立ち上がり、遊馬は期待と憂いの入り交じった顔で問いかけた。

この急拵(きゅうごしら)えの「学校」に連れてこられてから、もう三、四時間は経っているだろう。

あれからしばらくして、クリストファーは、「俺はもう一度、ケイデンに掛け合ってくる」と言い残し、出ていった。

決して口が上手(うま)いとは言えないクリストファーである。自分とてそうだが、「三人寄れば文殊(もんじゅ)の知恵」という諺(ことわざ)がある。二人でも一人よりはマシだろうと、遊馬も共に行きたいと思いはしたが、この状況でハンナをひとりにするわけにはいかない。

それに、クリストファーと入れ違いにやってきた集落の男が二人、これ見よがしに長い棒をそれぞれ持って、建物の出入り口に立った。

明らかに見張りである。

どうやらケイデンは、クリストファー以外と話す気はないし、あとの二人を学校から出すつもりもないようだ。

やむを得ず、遊馬は出来たばかりの学校、その中のひとつしかない「教室」で、ハンナと共に、クリストファーの帰りを待つことにした。

だが、何度話しかけても、ハンナは明らかに上(うわ)の空(そら)な短い受け答えをするだけで、あとはただ椅子(いす)に掛けて俯(うつむ)き、何か考え込んでいる様子だ。

話し相手もなく、できることもなく、ただ待つしかない時間というのは、苦痛なものである。

(ああ、ここにスマホとWi-Fiがあったらなあ!)

久し振りに、遊馬はそんな渇望(かつぼう)にかられた。

元の世界にいた頃、どちらかといえばデジタル依存が強いほうだったと遊馬は自覚している。

交通機関の中でも講義中でも、果ては眠りに落ちる前のひととき、ベッドの中でも、まるでそれが身体の一部であるかのように、遊馬はごく自然にスマートホンを取り出し、慣れた手つきで操作していたものだ。

(まだ、できるな)

その手の動きをエアーでやってみて、遊馬は自分の行為の馬鹿馬鹿しさに思わず苦笑いした。

(毎日ログインしてたゲーム、ずいぶん放置しちゃったから、もう話が進みすぎて、再開しても追いつけないかもなあ。ずっと読んでたマンガも、思い出したら続きが気になってきた)

ゲーム、ＳＮＳ、情報サイト、電子書籍、ショッピングサイト……何を閲覧(えつらん)するかはその時々の気分や必要性次第だったが、とにかくネット環境さえあれば、スマートホンから得られる情報は無限で、暇潰しの手段が何もないなどということはなかった。

しかし、この世界に来てからは、ジャヴィードの魔法以外、すべてがアナログだ。

いや、あの自称大魔道士ですら、神秘に見せかけているものの少なくとも一部は、何らかのトリックなのかもしれない……と、遊馬は未だに心の底で少しだけ疑っている。

何をするにも手間と時間がかかり、日々の務めをこなすだけで精いっぱい。自分の時間などほとんど持てない。そんな毎日がこの世界の当たり前で、デジタル環境のなさを嘆(なげ)いている余裕すら、これまではあまりなかった。

そう思うと、ゲームや動画、インターネットを毛嫌いしている一部の大人たちが望む「理想の世界」に、遊馬は今、生きているのかもしれない。

それはともかく、ハンナの様子に気を配り、外を眺めるしかない時間にただ耐えるうち、外はすっかり暗くなり、室内は薄ら寒くなってきた。

城下ならまだしも、こうした海辺の小さな集落には、まだ窓ガラスなどはまったく普及していない。

採光と換気のためにあけられた小さな窓からは、夜の海風が容赦(ようしゃ)なく吹き込んでくる。

暖炉(だんろ)はあるし、薪(まき)も籠(かご)に用意されてはいるのだが、肝腎(かんじん)の火種がない。

そんな絶望的な状況だったので、遊馬がクリストファーの帰還にいささか過剰(かじょう)に活気づいたのは、無理からぬことだった。

しかも、戻ってきたクリストファーの手には、火の入ったランタンがある。

おそらくケイデンの家で火を分けてもらえたのだろうから、二度目の話し合いが完全決裂したというわけでもなさそうだ。

期待も込めてそう推理した遊馬が再び口を開こうとするより僅かに早く、クリストファーは言った。

「話の前に、まずは、もう少し居心地をよくしよう。これではどうにも気が滅入る」

「それは、凄く賛成です」

そこで、クリストファーはランタンの火を暖炉に移し、遊馬は教室で明るいうちに見つけておいた素焼きの容器から、深皿に魚油を注ぎ、長い紐をその中に浸した。油から少しだけ出した紐の先端に火を点ければ、卓上用の灯りがたちまち出来上がる。

城でも、高貴な人々がいない場所で活用されていた魚油ランプが、ここではメインの照明である。

蠟燭に比べれば暗いし、いささか不快な生臭い臭気を伴うものではあるが、今は灯り自体がこの上なくありがたい。

魚油ランプを三つほど作れば、少なくとも自分たちがいる辺りはそれなりに明るくなり、それだけで人間らしい環境が出来上がった気がするので不思議なものだ。

「長く待たせてしまったな」

そう言いながら、クリストファーは教室の中を見回した。

よく言えば広々とした、悪く言えばあまり物のない室内には、いかにも手作りの、大きさが少しずつ違う長机とベンチが並べられている。

この建物もそうした什器(じゅうき)も、すべて集落の人たちが、常設の学校を楽しみにして、皆で協力して用意してくれたものだ。

その人々の期待を裏切ったことは自覚しているのだろう。ぽつんと座り続けるハンナの表情は硬く、クリストファーの視線を受けとめる彼女の瞳には、苦痛の色があった。

クリストファーは、そんなハンナに敢(あ)えて言葉を掛けることはせず、ランタンと共に持ち帰った大きな籠を、わざと勢いよく机の上に置いた。

「待たせた分、収穫はなかなかだぞ」

そう言って覆(おお)いの布を取り外すと、中からはパンや野菜、塩漬けの肉や魚など、様々な食料が現れた。

「クリスさん、これ……」

驚く遊馬に、クリストファーは不器用かつ不完全なウインクをしてみせる。

「まあ、色々あってな。この程度のもてなしは勝ち取れた。順番に話すが、まずは腹拵えをしよう。さすがに今から煮炊きをするのは骨だから、簡単なものしか作れんが」

それを聞いて、ハンナは「私が」と申し出たが、クリストファーはそれをやんわり退けた。

「別に、食事の支度は女の役目ってわけじゃあるまい。あんたも旅に揉め事にと、今日は疲れただろう。俺がやる。アスマ、リンゴ酒を」

「あ、はい」

早く、改めてのケイデンたちとの話し合いについて聞きたい気持ちは、ハンナに負けず劣らずの遊馬である。だが、頑固なクリストファーのことだ、自分が決めたタイミングが来るまで、決して話を始めることはないだろう。

遊馬はひとまず立ち上がり、籠の中に入っていた素焼きの水差しと錫の簡素なゴブレットを取り出した。

水差しにたっぷり入っている濁ったリンゴ酒は、きついアルコール臭を放っている。

（これは相当強そう……あ、水も入ってる）

籠の中には、冷たい水を満たしたさらに大きな水差しも入っていた。

集落には何カ所か共用の井戸がある。おそらくそこから汲んだ水だろう。わざわざ籠に入れさせたのは、ケイデンの「ウロチョロするな」の意思表示に違いない。

さぞ重かったことだろうと、短い距離とはいえクリストファーの腕力に感嘆しながら、遊馬はリンゴ酒三、水七くらいの割合で割り、ゴブレットを各自の前に置いた。

その間に、クリストファーはコロンとした大きな丸パンをスライスして、そこに塊のチーズをナイフで削り取ったものと、象牙色のジャムのようなものを載せて、それぞれに配った。

「腹が減ると、ろくな考えに辿り着かん。まずは食おう」

そう言うなり、クリストファーは真っ先にパンにかぶりつく。

遊馬とハンナは顔を見合わせ、頷き合うと、ほぼ同時に自分たちの前に置かれたパンを両手で持ち上げ、クリストファーよりはずっと控えめに齧った。

「ん」

絶妙な甘塩っぱさに、遊馬は思わず小さく唸った。

雑穀入りのパンは固くてボソボソしているが独特の香ばしい風味があり、チーズは塩気が強い。その両者を上手くまとめて引き立てているのが、甘さ控えめのジャムだった。

ジャムといっても、おそらく果物を刻んで煮詰めただけで、高価な砂糖は入っていないのだろう。何かはわからないが、梨に似た味と食感の果肉がゴロゴロ入っていて、とろみは薄く、水分は徐々にパンに染み込んでいく。

おかげでぱさつくパンが食べやすくなり、チーズの塩気と独特の臭気も、ジャムの甘みと爽(さわ)やかな香りでかなり中和される。

「なんだか、元気の出る味ですね」

ハンナはそんな風に表現して、パンを一口、二口食べ、リンゴ酒の水割りを飲んで、幾分人心地のついた顔つきになった。

そして、ゴブレットを机に戻した彼女は、自分からこう切り出した。

「フォークナー様。お話を伺(うかが)う前に、まずはお訊ねしたいことが」

「何だ？」

「先ほどの長(おさ)とのやりとり、フォークナー様は、私が『ノロワレ』であること……つまり、私の生い立ちをご存じとみました」

クリストファーは、「ああ」とこともなげに頷く。

ハンナは、探るようにクリストファーの精悍(せいかん)な顔を見ながら問いを重ねる。

「なぜです？　ヨビルトン集落の教師の職に応募する際、私は、自分が孤児であること、孤児院で育ったことは申し上げましたが、それだけです。出自については問われませんでしたので、お伝えしておりませんでした。それなのに、何故？　フォークナー様が、個人的にお調べになったということですか？」

「いや？」

クリストファーは、パンを頬張ったまま、不明瞭な口調で短く否定する。

「では、どなたが」

クリストファーは、口の中のものをリンゴ酒の水割りで喉に流し込んでから、やはり簡潔に答える。

「宰相殿下だ」

「えっ？」

驚きつつも、ハンナは何かを思い出したように、口元に片手を当て、しばらく考えてから、再び口を開いた。

「そういえば、先ほど……私、動揺していたのでうっかり聞き流してしまいましたが、フォークナー様は、長にこう仰せでしたね。『宰相殿下は、生い立ちを知った上で』私を数人の候補の中から、このヨビルトン集落の学校の教師に選んでくださったと」

クリストファーは、相変わらずもぐもぐと咀嚼しながら、決まり悪そうに広い肩をそびやかす。

「うっかり口が滑った。だが、本当だ。教師の選考は、宰相殿下御みずからがなされた。

無論、候補者全員の身元や評判を調べ上げたのは部下の誰かだろうが、宰相殿下は資料にすべて目を通し、お忍びで視察までなさった上で、あんたに決めたんだ」

「視察⁉　まさか、城下の学校に？」

「ああ。あんたの子供たちに対する態度、教え方の両方ともが実によい、あれこそが善なるものだ、女神ネイディーンの御許で神官たちの薫陶を受けた者は、ああでなくてはならぬと仰せだった」

「宰相殿下が、そのように勿体ないお言葉を？　どうしましょう」

さっきまでとは違う不安に襲われた様子で、ハンナは思わず両腕で自分の身体を抱くようにする。

遊馬は気の毒そうに、そんな彼女に声を掛けた。

「それだけ、学校のことを真剣に考えてらっしゃるんですよ。ハンナさんのことも、きっと信用してるってことで……でも、あの。そうだ、僕からもクリスさんには言いたいことがあるんでした！」

遊馬は急にキッとした顔でクリストファーを睨んだ。

「僕だけ何も知らなかったって、あんまりじゃないですか⁉　もしかして、ヨビルトン集落に学校を造れって命令されたあの夜、クリスさんだけフラ……宰相殿下に呼ばれて、二人で話したっていうのは、ハンナ先生のことだったんですね？」

「まあ、それもある。それもあるというか、それがいちばんの話題だったな」

「私のことを……？」

クリストファーは頷き、フランシスの言葉を二人に伝えた。

「国宰相殿下は、あんたの教師としての資質と、『ノロワレ』という立場を……」

「それ！」

遊馬は思い出し怒りで、顔をうっすら赤らめ、机を軽く叩いた。

「何ですか、『ノロワレ』って。酷い言い方じゃないですか。集落が滅びて、ひとりだけ生存者がいたら、それは僕の世界だったら、どう考えても『持ってる』人ですよ。きっとみんな、そう言いますよ」

あるいは、リンゴ酒の酔いも少しはあるのかもしれない。いつもより少しだけたどたどしい口調で、いつもより明らかに怒りを露わにする遊馬に、クリストファーとハンナは揃ってキョトンとする。

「あの、『持ってる』とは、何を持っていることなんですの？」

ハンナに問われ、遊馬は「あ」と口を押さえた。

「ごめんなさい、僕の国の言葉でした。『持ってる』ってのは、強運の持ち主ってことです。運がいいから助かった、その運はこれからもその人を守るだろうって」

「まあ。そっちの解釈なら、どんなによかったことか」

ハンナの嘆きに、遊馬は顔をしかめた。

「さっき、ケイデンさんが言ってましたね。『ノロワレ』は、死神や魔物に目を掛けられて、仲間にされたから、集落でただひとり生き延びたんだって。だから、行く先々に、仲間の魔物が寄ってきて悪さをする……みたいな話なんですね、こっちの世界では」

遊馬がうっかり口走った「こっちの世界」という表現に、ハンナは少し不思議そうな顔つきをしたが、すぐに真顔に戻って頷いた。

クリストファーは、吐き捨てるような口調で、二人の会話に割って入る。

「さっきも言ったが、そんなものは単なる迷信だ」

「城下では、そうですわね」

ハンナは沈んだ声で応じる。遊馬は首を傾げた。

「城下では、『ノロワレ』はあんな風に酷く言われたりしないんですか?」

ハンナは頷き、遊馬のために説明を試みる。

「フォークナー様の仰るとおり、城下の人たちは、もうあまりそういう迷信は気にしないの。港から、たくさんの異国の方々がいらっしゃるし、その中には、私のような身の上の人だって、きっと交じっているでしょう？　いちいち気にしていられないわ」

「それは、そうでしょうね」

「それに、城下の人たちは、皆さん、ある程度の教育を受けている。そういう人たちには、よほどのことがなければ、城下の人たちが魔物の呪いでみんな死ぬ、なんて事態はそうそう起こらないと、ちゃんとわかるのよ」

「ああ、それは確かに。城下町の人口は、うんと大きいですからね。全滅させるのは、いくら悪魔でも難しそう」

大真面目（おおまじめ）な遊馬の相づちに、ハンナはつらそうに頷いた。

「でも、城壁の外は違う。どの集落も、住民は城下に比べればうんと少なくて、家も粗末で、治安だって……すぐに駆けつけてくれる兵士なんていないでしょう。栄養状態や衛生環境も、いいとは限らない。何かあれば、集落全滅の危機はすぐ訪れるの。だから、『ノロワレ』の迷信は、なかなか消え去らない」

クリストファーと遊馬は、無言で頷き、同意を示した。

今いるヨビルトン集落は、マーキス島にあるたくさんの集落の中では大きいほうだし、長のケイデンがよく住民をまとめ、貧しいながらも、皆が助け合って生きていけるシステムを構築している。ゆえに治安もすこぶるいい。

そうでなければ、集落が一丸となって衛生状態の改善に努め、疫病を退けることなどできなかっただろう。

そんな優秀なリーダーであるケイデンが、ああまで凄まじい拒否反応を示したことを思い出すと、他の集落の「ノロワレ」に対する態度は、想像するに余りある。

「これまでも、教師としてではなく、マーキス神殿が行っている慈善活動のお手伝いに、色々な集落を回って、困っている方々のお手伝いやお世話をしてきました。そんなとき、どんなに親切にしてくれても、親しく付き合っていても、感謝してくれても、私の素性を知るなり、皆、スッと離れていく。中には、二度と来るなと悪口雑言を投げつけられることもあったんです。つい前日まで、私の手の甲に額を押しつけて感謝してくれていたような人がね。誰も、『ノロワレ』には関わり合いになりたくないの……」

遊馬は、自分がそんな仕打ちを受けたかのような半泣きの顔で、ハンナに問いかけた。

「そんなの、辛すぎます。じゃあ、ハンナさんは、ここに来て、こうなることも予測済みだったたってことですか？　それなのに、わざわざ自分から『ノロワレ』だってことを」

遊馬としては、ハンナを責める意図はなく、声に滲んだ憤りはケイデンをはじめ、集落の人々に向けられたものだったのだが、ハンナはそう受け取らなかったらしい。心底すまなそうに、二人への謝罪の言葉を口にする。

「ええ、ああなることはわかっていました。ごめんなさい。私の勝手な思いに、お二方を……いいえ、知らなかったとはいえ宰相殿下まで巻き込んでしまうことになって、本当に申し訳なくて。私、どうしたらいいのか」

「全然、迷惑なんかじゃありませんよ！　ねえ、クリスさん」

遊馬はクリストファーにも否定してもらおうとしたが、いつもなら即座に同意してくれるはずのクリストファーは、厳しい面持ちで、ただもりもりとパンを平らげている。

（なんかもう、今日はチグハグだな）

基本的に呑気な遊馬も、今日はやたらクリストファーと気持ちがすれ違う感じがして、居心地の悪さに身じろぎした。

「でも、私はずっと、こういう集落の学校で教師がしたかったんです」

クリストファーが言うとおり、食べ物を腹に入れて、やっと思いの丈を語る気力が湧いてきたのかもしれない。ハンナは、両手でギュッとスカートの上から膝小僧を握り締め、打ち明けた。

「教育をきちんと受けられれば、こんな迷信を疑う人、信じなくなる人がひとりでもふたりでも、増えてくれるかもしれない。『ノロワレ』の私が堂々と教壇に立つことで、他の同じような差別に怯える人たちも、一歩踏み出す勇気を持てるかもしれない。そんな風に考えて……いえ、思い上がっていました」

項垂れるハンナに、遊馬は声に力を込めて言った。

「思い上がりだなんて、そんなことないですよ。凄く真っ当な考えだと思います」

「ありがとうございます。でも、さっき、集落の長に、勇気を持って真実を伝えたつもりだったのに。この集落の方々にとっては、今は私はただの『ノロワレ』かもしれないけれど、いつかそうではなく、教師としての、同じ人間としての私を認めてもらえるように努力しますと言いたかったのに。私、怖くてちゃんと言葉が出てこなくて。情けない」

ずっとこらえていたのだろう。大粒の涙が、ハンナの目からこぼれ落ちる。

「結局、フォークナー様を矢面に立たせてしまいました。せっかく喜んでくださっていた集落の皆さんをガッカリさせて、怒らせて、お二方にも肩身の狭い思いをさせて、私、本当に何をしているのか」

「ハンナさん……」

「私は、我が儘で自分勝手でした。初めて、集落に常設される学校。そんな大切な試金石を、自分の勝手な想いで利用してしまった」

「泣き言はそこまでだ、クロスビー先生」

そのとき、ずっとだんまりだったクリストファーが、鋭い口調でハンナの話を遮った。

「フォークナー様……」

「その理屈で言うなら、宰相殿下も、引いては国王陛下も、あんたを利用したことになる」

「えっ？」

クリストファーは、やはり厳しく、それでもハンナを非難するのではなく、彼女を励まそうとしてることがわかる真摯な表情で言った。

「お二方もまた、この国にはびこる様々ないわれなき差別を、一つずつ地道になくしていかねばならんとお考えだ。だからこそ……無論、あんたの教師の資質を認めた上で、敢えて『ノロワレ』としてのあんたを採用した」

「それは……城下でお育ちのお二方なので、『ノロワレ』など気にも留めていらっしゃらないという意味ではなくて……？」

「大いに気にしておられる。そのような言われなき偏見や差別をなくしてゆかねばという意味でな。治安に問題のないこの集落に、あんたと一緒に俺とアスマがわざわざ寄越されたのは、あんたを守るためだ。いや、この集落の連中とやり合うあんたを支えるため、と言ったほうがいいか。何しろ俺たちは、この集落の連中と、疫病を共に封じ込めた仲だ。城勤めをしている他の誰よりも、あんたの役に立つだろう」

ハンナは信じられないという顔つきで、ゆっくりと首を横に振る。

「では、フォークナー様は、私がケイデン様に、自分が『ノロワレ』であると最初に告げるだろうと予想していらっしゃったと？」

そこでクリストファーは、やっと口角を僅かに上げた。

「出会って間もないとはいえ、共に旅をすれば、人となりはだいたいわかる。あんたは、真面目で真っ直ぐで、いささか不器用と俺は見た」

「何だかそう言っちゃうと、クリスさんにそっくりですね。あ、すいません」

うっかり正直な感想を漏らし、クリストファーにギロリと睨まれた遊馬は、亀のように首を竦め、口にチャックをする仕草をしてみせる。

「おそらく、自分の生い立ちを隠して教師生活を始めるよりは、最初に打ち明けて、ケイデンの奴と揉める覚悟だろうと、俺は予想していた」

（あ、だからケイデンさんと面会するとき、ハンナさんだけじゃなくて、クリスさんまで同じように緊張してたのか！）

ようやく色々と腑に落ちて、遊馬は思わず再び言葉を発してしまった。

「じゃあクリスさんは、最初から、ハンナさんの援護射撃をするつもりだったんですね。だからあんなにスラスラ言葉が出てきたんだ」

　クリストファーは、幾分決まり悪そうに、それでも正直に同意した。

「そのとおりだ。何しろ、俺とアスマの役目は、あんたに先生をやらせ、無事に学校を軌道に乗せることだからな。そのために必要だと思われることは、なんであろうと、俺たちの仕事の内だ。だから、俺を矢面に立たせたなどと責任を感じる必要はない。俺は最初から、あんたの盾となるよう命令を受けている」

「フォークナー様……」

「だから、教師の職から下りようなどと思うな。あんたはもう、船に乗って海へ漕ぎ出したようなもんだ。そう簡単に逃げ出せると思ってもらっては困る」

「逃げ出そうだなんて思ってはおりません！　私はただ、その『船』に乗る資格が、はなから自分にはなかったのではないかと疑っただけです！」

　さっきまでのしょげ具合はどこへやら、ハンナはクリストファーの挑発に真っ向から立ち向かう。

　なるほど、似た者同士だ、と遊馬が感心していると、ハンナは机に両手をつき、さっきとは比べものにならないほど力強い声と眼差しで言葉を継いだ。

「ですが、今、国王陛下と宰相殿下も、私と想いを同じくしてくださっているという勿体ないお話を伺って、私は、『船』に乗るべくして乗っているのだと理解致しました。ですから、決して自分からは降りません。引きずり降ろされるまでは……いいえ、引きずり降ろされようとしても、力の限り、船縁（ふなべり）にしがみついてみせます」

「その意気だ！」

クリストファーは笑みを深くして、リンゴ酒の水割りをぐいと飲み干した。

「それでこそ、ケイデンの奴と、苦手な政治をやってきた甲斐（かい）がある」

「政治？　いったい、ケイデン様とどのようなお話を？　さっきのご様子では、とても私が学校を開けるとは思えない怒りようでしたが……」

ハンナは再び不安げに問いかける。遊馬も、興味津々（しんしん）でクリストファーに話をせがんだ。

「そうですよ。ケイデンさんと、話し合えたんですか？　聞く耳持たん！　って剣幕でしたけど」

するとクリストファーは、苦笑いで答えた。

「ケイデンは、確かに短気で気が荒いところはあるが、愚かではない。この集落の皆を守らなくてはならないという責任感でいきり立ちはしても、計算や駆け引きを忘れることはない男だ」

遊馬とハンナは、そろって首を左に倒す。まるで、打ち合わせをしたかのような揃いっぷりである。

「ってことは？」

遊馬の問いかけに、クリストファーは今度は渋らずに説明した。

「少し時間をおいて俺が戻ると、既に奴は少し冷静さを取り戻していた。むしろ、俺が戻ってきたことにホッとした様子だった」

「つまり、クリスさんが戻ってきたってことは、王室との繋がりが切れずに済んだってことだから？」

「そうだ。ひたすら奴の怒りに耳を傾けてやったら、ひとしきり不平不満をまくし立てた後で、『こっちに喋らせるばかりでなく、あんたも何か言え』と言ってきた。そこでやっと、話し合いの糸口が摑めたというわけだ。集落の長老たちも呼び集め、そこから長い会議が始まった。今度は、まず長老たちの怒りをひとりで受け止める作業が再び始まったという感じでな」

「それは……その、たいへんお疲れさまでした」

遊馬の労りの言葉に、クリストファーは強がることはせず、素直に疲労を認めた。

「疲れ果てたとも。だが、怒りたい奴は、たいてい怒りたいから怒っているんだ。それを遮っていいことは何もない。まずは全部吐き出させるしかない。それに、最初に俺が耳打ちしたことも、多少はケイデンの怒りを鎮めるのに役立ったようだ」

ハンナは、ああ、と小さく手を打った。

「そういえば、何か囁いておいでしたわね。ケイデン様は、それに対してもお腹立ちのようでしたけれど。確か、『汚い』などと仰せだったような」

クリストファーは、遊馬が注いでやったリンゴ酒水割りのお代わりを、今度はちびちび飲みながら頷く。

「まあ、そう言われても仕方がないことを、俺は言った。クロスビー先生をくだらん迷信のせいで拒むなら、もう新しい教師はここには派遣されまい。常設の学校の話はなしになるだろう。それに、疫病を防いだ褒美としてこの集落に与えられた、減税をはじめとした数々の優遇措置も、国王陛下のご不興を買っては早晩反古にされるだろうな、と」

「うわ。ホントに政治だ」

遊馬はちょっと嫌そうな顔をする。清廉潔白なクリストファーが、自分からそうした「汚い」脅迫をするとは思えない。おそらく、フランシスの入れ知恵、というか指示だろう。

その証拠に、クリストファー自身、いささか不愉快そうに自分が発した言葉を口にして、顔を歪めた。

「まあ、汚いと罵りながらも、冷静に考えてみれば、当然の成り行きだ。ケイデンとて、そういうものだとわかっている。集落の暮らしを楽にする優遇措置を、みすみす手放すはずはない。さらに俺としては、どうあっても、学校についてケイデンが言っていたことは、撤回させたかった」

遊馬は軽く首を傾げる。

「それって、学校に子供たちを行かせない、集落の人たちとも交流させないってやつですか？」

「そうだ。それでは、クロスビー先生がここに滞在できたとしても、意味がない。学校を開かせ、何としても先生に教壇に立ち、子供たちに教育を施してもらわねばならん」

「でも、それが可能だとはとても思えませんでしたけれど」

ハンナの言葉を、クリストファーは頷きで肯定し、しかしこう言った。

「俺もそう感じた。ケイデンだけじゃない。長老たちをはじめ、集落の大人たちは皆、『ノロワレ』に対する強い恐怖を感じている。集落が国王陛下から与えられた利益と、『ノロワレ』がもたらすとあいつらが信じている災難。秤に掛けると、あるいは災難への恐れがまだ少し大きいかもしれんと感じたからな」

クリストファーの話に、ハンナはゆっくりと項垂れる。それはまるで、清楚な花が力尽き、萎れていくさまのように、遊馬には感じられた。

だがクリストファーのほうは、やや明るい口調でこう付け加えた。

「だから、話を多少、ややこしくしてやった」

遊馬とハンナは、再び顔を見合わせる。

「話をややこしくしたって、いったいクリスさん、何を言ったんです？」

探るように遊馬に問われたクリストファーは、こともなげに答える。

「真実をもう一つ、教えてやっただけだ。クロスビー先生は、女神ネイディーンの神殿で育てられた、とな」

「確かに真実ですけれど、それが何か……？」

訝しそうなハンナに、クリストファーはさも当然というように答えた。

「女神ネイディーンといえば、海を司る尊いお方だ。海辺の、漁を主な生業とする集落では、国王陛下同様、いや、畏怖の念という意味ではそれ以上に敬われる、大いなる母のような存在だろう。そのネイディーンを祀る神殿で育ったからには、クロスビー先生は、ネイディーンに生存を許され、その加護を受けて成長したということになる」

「……あああー！」

遊馬は思わず両手で机を叩いた。

「なるほど、海で暮らす人々にとって、海の女神であるネイディーンは絶対的な存在ですもんね。そのネイディーンの加護を受けているハンナさんを、たとえ『ノロワレ』であっても、粗末に扱うわけにはいかない。ネイディーンの怒りを受けるのは、それはそれで滅茶苦茶怖い、ってことですね！」

たちまちわかりやすい解説を述べた遊馬を、クリストファーは呆れ顔で見た。

「お前は相変わらずクルクルとよく頭が回るな。だが、まさにそういうことだ。『ノロワレ』に対する恐怖と、自分たちの守護神たる女神ネイディーンに対する畏れ。どちらが強いか、という話だな。ケイデンも長老たちも、たちまち大混乱に陥った。今頃、喧喧諤諤の議論になっているだろうさ」

「まあ……！　フォークナー様が、そんな策士でいらしたなんて。私は、まだまだ人を見る目が甘いようです」

ハンナの声音には、おそらく本人は無自覚だろうが、微かな嫌悪感がある。自分の生い立ちを駆け引きの材料に使われたことには、複雑な思いがあるに違いない。

だが、それがハンナに学校を開かせるためには最高の策であることもまた、彼女は正確に理解しているようだった。

（確かに、それしかない。でも、なんだかクリスさんらしくないやり口だな）

遊馬もまた、心に疑念を抱いた。

公明正大、清廉潔白、直情径行と四文字熟語を三つ並べると、おおむねクリストファーの気質は表現できる。そのどこにも、策士の要素はない。政治は、彼にとってはもっとも不得意とするところなのだ。

（ってことは、これもおそらく、ロデリックさんかフランシスさんの入れ知恵……たぶん、クリスさんとふたりで話したとき、フランシスさんが言ったんだろうな。ってことは、こういうトラブルになることを見越してたってことで。凄いな、あの人）

何としても、「ノロワレ」であるハンナに学校を開かせ、教師の職を全うさせて、集落における学校の常設、差別の解消という大きな目的を果たそうという、フランシスの強い意志を感じて、遊馬は感嘆の吐息を漏らす。

（だけど、フランシスさんならもっとスマートにやりそうな気もするなあ。こんなにガチで、なりふり構わず相手を脅すみたいな手口は珍しいっていうか。もっと何か、僕が知らない事情があるのかな）

だが、遊馬が思考を進める前に、クリストファーは、いかにも彼らしく、渋い顔でハンナに詫びた。

「無断で、あんたの過去を武器にしたことは謝る」

簡素だが、想いのこもった謝罪に、ハンナは小さくかぶりを振った。

「いいえ。本当ならば、揉め事を引き起こした私がすべき交渉でした。そして、私がその場にいても、同じことを言ったでしょう。代わりに、嫌な役目をさせてしまって申し訳ありませんでした」

「そう言ってもらえると、意に染まないことをした俺も救われる」

やはり自分の考えではなかったことを暗にほのめかし、クリストファーはゴソゴソと籠を探って、小さくて丸い果物を一掴み取り出した。

「そんなわけで、朝までには、ケイデンたちも当座の方針を定めるだろう。俺たちは、それを待つしかない。食うだけ食って、今夜はさっさと休むとしよう。あんたには奥に部屋が用意されているはずだ。俺とアスマはここで寝る」

「ここで？　それでは申し訳ないです」

まだろくな備品のない教室を見回し、ハンナは憂い顔をする。だが、クリストファーは果物をかぶりと齧り、むしろ快活に言った。

「なに、俺たちは野宿に慣れている。屋根の下というだけで上等だ」

遊馬も笑顔で言葉を添えた。

「クリスさんの言うとおりです。だから、ハンナさんは安心して、奥の部屋で寝てください。女性だから、っていうと失礼かもしれませんけど、やっぱり体力差はあるものですし、安心してひとりになれる空間も必要だと思います。僕たち、誓って不埒なことはしませんから。ね、クリスさん？」

「当たり前だ！」

怒ったように断言するクリストファーに、ハンナは困惑気味ではあるが、ようやく笑顔になった。

「お気遣い、ありがとうございます。野宿に慣れておいでなんて、お二方は、これまできっと、色んな冒険を共になさったんですね」

遊馬は、熟した柿にどこか似ている甘い果物を楽しみつつ頷いた。

「しましたね。僕、アウトドアはからっきしだったんですけど、ここに来てから、ずいぶん鍛えられました」

「……あうと、どあ？」

「あ、えっと、つまり野宿のことです」

「ああ、そうですの。お国の言葉なんですね？」

「そんなところです。えっと、ハンナさんも果物……」

慌てて誤魔化そうと、遊馬はハンナにも果物を勧めようとする。だがハンナは、片手を軽く上げてそれを断り、立ち上がった。

「では、お言葉に甘えて、休みます。ひとりでよく考えを整理して、明日、ケイデン様が如何なるご決断をなさっても、今度はフォークナー様に任せっきりにせず、自分で対応できるよう、心を整えます」

そんなハンナの健気な決心が、クリストファーには大いに好もしく感じられたらしい。今日いちばんの笑顔で、彼は言った。

「あんたがひとりで戦うというなら、邪魔はせん。ただ、いつでも頼れるよう、寄りかかれるよう、俺たちが傍に控えていることは忘れんでくれ」

「ありがとうございます。おやすみなさいませ」

クリストファーと遊馬に深々と頭を下げて、ハンナは灯りのひとつを手に、奥の部屋へと引き取った。

バタンと扉が閉められてから、クリストファーは抑えた声音で遊馬に訊ねた。

「奥の部屋には、ベッドくらいはあるんだろう？」

遊馬は笑って、やはり小声で返事をした。

「クリスさんが長の館に引き返した後、やることがないから、ふたりで奥の部屋もチェックしましたよ。一応、教員宿舎って感じでした」

「というと？」

「ベッドと、その足元にブランケットボックス、あとテーブルと椅子って感じです」

「当座、暮らすには十分だな」

「ええ。ただ……」

「うん？」

「あっちの部屋の家具も、やっぱり集落の皆さんの手作りだから、ハンナさんにとっては、何を見ても、何を使っても、気が重いだろうなって」

心配する遊馬に、クリストファーはいささか冷淡に返事をした。

「だろうな。だが、これは彼女が自ら望んで招いた事態だ。己が始めたことは、責任を持ってやり遂げるしかあるまいよ」

遊馬は頷きつつも、溜め息をついた。

「それはド正論ですけど、やっぱりつらいだろうな」

「それはそうだ。だからこそ、俺たちがいる」

「……はい！」

クリストファーの力強い言葉に、遊馬も笑顔で頷いた。

これはあくまでもハンナの戦いではあるが、このヨビルトン集落で常設の学校を成功させなくては、マーキス王国全土で子供たちが等しく教育を受けられるように、というロデリックの理想は到底実現できない。

クリストファーと遊馬も、もはやハンナと同じ船に乗り込んだも同然なのだ。

「さて。腹も膨れたことだし、俺たちも寝床を作るか」

「そうですね」

二人は食器を籠に片付けると、長机をいくつか移動させ、暖炉の前に横たわることができるスペースを作った。

次に、馬で運んできた革袋の中から、雨よけの小さな天幕を取り出し、それを敷き布団代わりに床に広げた。

その上に並んで横たわり、脱いだチュニックを丸めて枕に、マントを掛け布団にする。

決して快適な寝床とはいえないが、暖炉に火が燃えているだけで幸せと言わねばなるまい。

「暖炉の熱、壁越しにハンナさんの部屋も暖めてくれているといいな」

「大丈夫だろう」

仰向けに寝そべったクリストファーは、早くも目を閉じて、ボソリと応じる。

灯りを吹き消しても、鼻につく魚油の臭いは漂い続けている。それを遮りたくて、マントを鼻の上まで引き上げながら、遊馬はクリストファーに訊ねた。

「大丈夫といえば、寝ちゃって大丈夫ですかね？　ないとは思うけど、深夜に襲撃されたりとか……そういう物騒なことは」

「あるまい。油断は禁物だが、女神ネイディーンのご威光が、クロスビー先生だけでなく、俺たちもまた守ってくださると信じるほかはない」

「……ですね」

「それに、万が一襲撃されたら、そのときは多勢に無勢だ。俺たちにできることは、クロスビー先生をどうにか逃がすことくらいだろうよ」

「うわー……。そんなことになりませんように」

　遊馬の祈りに呼応するように、クリストファーも口の中で、何かブツブツと遊馬にはよくわからない言葉を口にした。おそらく、女神ネイディーンを崇める古い祈りの文句なのだろう。

「喋ってないで、僕たちも明日に備えて寝ないとですね。おやすみなさい、クリスさん」

「おう、おやすみ」

　挨拶を交わし、二人は口を噤んで目を閉じた。

　二年前の遊馬なら、こんな状況では不安でとても眠るどころではなかっただろう。

　だが、さまざまな経験をして、身体はほっそりしたままでも、神経はずいぶん図太くなった。それに、この世界で誰よりも信頼しているクリストファーが隣にいることが、遊馬にとってはこの上なく心強い。

「……ふわ」

マントと天幕が自分の体温で温まり、少し心地よくなってくると、眠気もふんわりと訪れる。

遊馬があと一歩でコトリと眠りに落ちそうなそのとき、傍(かたわ)らから、酷(ひど)く躊躇(ためら)いがちなクリストファーの声がした。

「その……これは可能ならば、でいいんだが」

「……ふぁい？」

重い瞼(まぶた)を開ける気にはなれず、遊馬は目を閉じたまま、それでも律儀(りちぎ)に返事をした。

するとクリストファーは、彼らしからぬ切れの悪い口調でこう言った。

「俺よりも、お前のほうが聞き出しやすいと思うんだ」

「何をですか？」

「クロスビー先生の……そのなんだ、交友関係……というか、まあアレだ、異性関係を」

「……はい⁉」

寝ぼけた頭でクリストファーの言葉を聞いていた遊馬だが、異性関係という思いも寄らない発言に、睡魔は瞬時に彼方へ吹っ飛ばされた。

思わず飛び起きた遊馬に、クリストファーはやや迷惑そうに「うるさい」と言った。

「すみません、じゃなくて、だってそんなこと！　えっ、クリスさん、まさか」

「何だ？」

「まさか……ハンナさんのこと、好きなんですか？」

「馬鹿な。起きているうちから、寝言を言うな」

迷惑極まりないといった顔つきのクリストファーに、さすがの遊馬もムッとして言い返した。

「だって！　異性関係について聞き出せって、他にどう考えればいいんですか！　彼氏がいるかどうか調べたい理由なんて、他にあります？」

「声が大きい。……そういうことじゃない。ただ、知りたいだけだ」

「どうしてです？」

食い下がる遊馬に対して、クリストファーは、ゴロリと寝返りを打って、あろうことか、遊馬に背中を向けてしまった。

「どうしてでもよかろう」

返事も、極めて素っ気ない。遊馬も再び横たわりながら、不平を言った。

「全然よくないですよ。……でも、知りたいんですね？」

「わけあってな」

「それって、僕たちの『仕事』に、関係あるんですか？」

切り口を変えた遊馬の質問に、数秒の沈黙の後、クリストファーはやはり短く答える。

「なくもない」

「なんかモヤモヤするなあ……。でも、詳しくは言えないんですね？」

「すまん」

師匠(ししょう)であるクリストファーに謝られてしまっては、弟子としてはそれ以上追及することはできない。

遊馬は嘆息(たんそく)して、「わかりました」と言った。

「僕だって、知り合ったばかりでそんな突っ込んだことはまだ訊けないですけど、そのうち、機会があれば。心に留めておきます」

「頼む。理由はおそらく……いずれはわかる」

「その日を楽しみにしておきます。おやすみなさい」

「ああ、おやすみ」

一応、二度目のおやすみの挨拶はしたものの、またクリストファーが何か言うのではないかと、遊馬は暗がりの中でしばらくじっと待った。

だが、聞こえてきたのは、静かな寝息だった。

(ちぇ。クリスさん、変なこと言って、自分はスッキリして寝ちゃったよ)

遊馬はといえば、睡魔がまだ戻ってこず、簡単には眠れそうにない。

朝になって、ケイデンが何を言い出すか気がかりだし、ハンナのことも心配だ。

何となく、今回は微妙に蚊帳の外に置かれている自分についても、居心地の悪さを感じる。

(このしっくりこない感じ、どうにかなくなるといいんだけどなあ……)

何はともあれ、今の遊馬にできるのは、少しでも心身を休め、これからに備えることだけだ。

(眠ろう。どうにかして眠ろう。疲れてるんだし、眠れるはず!)

自分自身に必死でそう言い聞かせ、遊馬はギュッと目を閉じた。そして、さっき遠ざけてしまった睡魔に、早く戻ってきてくれと心の中で懇願した……。

翌朝、というか、まだ夜が明けきらないうちに、三人は再びケイデンの館に呼び出された。

館には、明らかに寝不足で血走った目をしたケイデンと、同様に疲労困憊の体の長老たちが、三人を待ちかまえていた。

皆、一様に険しい面持ちでハンナを睨み据えている。

クリストファーは、ごくさりげなく、彼らの視線からハンナを庇うように、彼女の斜め前にどっかと胡座を掻いた。

「結論は出たか、ケイデン」

クリストファーが問いかけると、居並ぶ長老たちが「若造が、長に対して生意気な」と、口々に怒りの声を上げる。

だが、ケイデンはそれを片手でスッと制し、クリストファーを無視してハンナを直視した。

「厄介な女だ。『ノロワレ』の癖に、女神ネイディーンの加護を受けているったぁ、ややこしいにも程がある。俺たちゃ、『ノロワレ』も怖いが、女神の怒りも怖い。ぶっちゃけ怖さで言やぁ、同じくらいだ。それに、国王陛下から賜った褒美も、この集落にゃ大事な財産だ。あんたを放り出したせいで、反古にされちゃたまったもんじゃねえ。だから、俺たちは一晩じゅう揉めた。揉め倒したぜ」

ハンナは緊張で青ざめた頬を引きつらせながらも、ケイデンの視線を真っ直ぐに受け止め、口を開いた。

「それで、私の処遇は決まりましたか？」

震えを帯びてはいたが、彼女の声は、室内に凜と響き渡る。

決まった、とケイデンは渋い顔とぶっきらぼうな口調で言った。

「仕方がねえ。俺たちには、学校がどうあっても必要だ。あんた以外に教師を用意しねえってんなら、前言撤回だ。とりあえずはあんたにやらせてやる。ガキどもも通わせる」

「……本当ですか！」

ハンナはパッと顔を輝かせる。だが、ケイデンは仏頂面でこう続けた。

「だが、いくらネイディーンのご加護を受けてるっていっても、あんたが『ノロワレ』であることに変わりはねえ。ネイディーンが、どんだけあんたについてる魔を遠ざけてくれるんだか、俺たちには判断がつかん。だから、あんたに教師をやらせる代わりに、ガキどもには一切触るな。言葉も交わすな。それが条件だ。無論、集落の連中は、誰もあんたとは口をきかん」

「無茶苦茶ですよ、そんなの！　会話しないと、授業なんて無理……」

ハンナより先に抗議の声を上げたのは、いちばん後ろに控えていた遊馬だった。だが、それをハンナは鋭く遮った。

「いいえ！」

「……えっ？」

驚く遊馬をよそに、ハンナは引き締まった顔で、ケイデンを見据えて告げた。

「それで、構いません。集落の大切な子供たちを守りたいという皆様のお気持ちは、痛いほどわかります。いつか、私が皆様がお思いになるような『ノロワレ』……この集落に災いをもたらす者などではないとわかっていただけるまで、その条件をかたく守ります。お約束致します」

「ハンナさん。それでいいんですか？」

「今は、いいんです。言ったでしょう。船縁にしがみついてでもここに留まるって」

昨夜の自分の言葉を引用して、ハンナは遊馬にチラリとぎこちない笑みを見せる。

存外あっさりと提示した条件を呑んだハンナに、ケイデンはむしろ少し拍子抜けしたような顔つきで、それでもこう念を押した。

「いいだろう。ガキどもを無闇に怯えさせたくはねえ。奴らに『ノロワレ』が何かってこたぁ、詳しく説明するつもりはねえ。ただ、あんたには話しかけるな、声をかけられても返事をするなってきつく言いつける」

「……わかりました」

ハンナが頷くと、ケイデンは一段と声を低くして凄んだ。

「あと、こっちが折れてやるのは、損得勘定ができるうち、つまり、この集落に災いが起こらない限りだってこたぁ、よーく肝に銘じとけ。『ノロワレ』についてる魔物が何かやらかしゃ、ただじゃ済まさねえぞ。……俺ぁな、この集落を守るためなら、よそ者のひとりやふたり、仕留める覚悟はとっくに出来てんだ」

ケイデンの物騒な覚悟に、遊馬は手のひらに嫌な汗が滲むのを感じた。

彼は、いざというときには、集落全体に災いが及ばないよう速やかにハンナを殺す、と宣言したのである。あるいはハンナだけでなく、数ヶ月前は「戦友」だった、クリストファーと遊馬さえも。

しかし、クリストファーは黙然と座しているだけだ。判断はハンナに任せると、その広い背中が告げている。

そして当のハンナは、再び、静かに頷いた。

「かしこまりました。ご厚情、まことにありがたく存じます。教師の務め、精いっぱい果たす所存です」

慇懃に決意を述べ、ケイデンや長老たちに深く頭を下げたハンナに突き刺さるのは、無言の圧力と、恐怖と怒りと戸惑いが入り交じった視線ばかりだ。

遊馬は大きな不安を抱きつつ、一世一代のチャレンジを始めるハンナを、全力でサポートしなくてはと決心を新たにした……。

五章　静かな戦い

翌朝、ヨビルトン集落の学校では、奇妙な「開校初日」が始まっていた。

（うわあ……これはつらいな）

ハンナを心配して、教室の外から小さな窓穴越しに初授業の様子を見守っている遊馬は、心の中で思わず特大の溜め息をついた。

集落の長、ケイデンは、いささか気性は荒いが、己の感情だけで動く男ではない。常に、集落の平和と繁栄をいちばんに考えている。

その価値観は遊馬たちとはかなり違っているものの、少なくとも彼はいったん決めたことは実行するし、嘘もつかない。

彼は約束どおり、集落にいる五歳から十一歳までの子供のうち十二人を、集落の人々が建てた真新しい学校へ集めてくれた。残念ながら全員とまではいかなかったが、それでも学校を開くには十分な人数だ。

何故、十一歳までかといえば、「十二、三歳になりゃ、大人と変わらず仕事ができる。学校で遊ばせとく余裕はねえよ」というのがケイデンの言い分だからだ。

この世界では、「子供」でいられる時間が、遊馬の知る世界よりずっと短いのだと納得するしかないのだろう。

（そのかわり、日本の義務教育じゃ六歳からのところ、五歳から始めさせてくれたから、よしとすべきなのかな。むしろ若干、子守を押しつけられた感じもあるけど……）

ハンナが「ノロワレ」であることは、集落に知れ渡っている。大切な我が子を学校へ通わせることを躊躇う親も、少なくなかったはずだ。

しかしケイデンが昨日、住人を館に集めて熱弁をふるったのだと、その集会に同席することを許可されたクリストファーが教えてくれた。

ハンナは「ノロワレ」ではあるが、彼らの守護神である海の女神ネイディーンの庇護のもと育ち、その加護を受けた存在でもある。

海から恵みを受けて生きている自分たち同様、ネイディーンに守られし者であるハンナをこの集落から追放することは、大いなるネイディーンの意思に背くことであり、しかもハンナは、国王が選び、遣わした教師である。

先日、集落の皆で力を合わせて疫病を退け、そのおかげで国王ロデリックから賜った褒賞の一部が、ハンナを拒めば国王の怒りを買い、取り上げられてしまうかもしれない。

話の内容によって顔色と表情を複雑に変化させる集落の人々を前に、ケイデンは力強く宣言した。

「俺は、集落の皆を守る。集落の利益を守る。それを第一に考えて決断した。学校は開く。ハンナ・クロスビーに教師をさせる。ガキどもも通わせる。だが、ガキどもには、教師と絶対に口をきくなと教え込め。クロスビーにも、授業以外のことでガキどもに話しかけるな、絶対に触るなと言ってある。あの女とかかわりを持たなければ、きっと大丈夫だ。ネイディーンと国王陛下、どっちもを怒らせずにやり過ごすには、これしかねえ」

遊馬たちに宣言したとおりの内容を繰り返した彼は、こう続けた。

「今は、女神ネイディーンのお力が、『ノロワレ』のクロスビーに取り憑いている魔物を抑え込んでくださっているに違いねえ。だから俺ぁ、あの女に教師をさせても大丈夫だと踏んだ。疫病から俺たちをお守りくださった、女神の大いなるお力を信じているからだ。だが、あの女がこの集落に災いを起こしたら、そんときゃ容赦しねえ。長として約束する。それまでは皆、あの女を粗末にはするな。だが、決してかかわるな。いいな?」

クリストファーいわく、力強いリーダーのそんな指示に、集落の人々は不安そうに、しかし一様に深く頷いたのだそうだ。

（確かに最悪の事態は回避されたけど、ケイデンさんがそう言った結果が、これだよ）

遊馬は、苦々しく教室の中を見回した。

ベンチに並んで座り、神妙に授業を受けている子供たちの姿だけを見れば、遊馬のよく知る教室のありふれた光景だ。

しかし、子供たちの顔には、常設の学校初日の晴れがましさとは無縁の、酷く不安そうな表情が浮かんでいる。

おそらく年長の子供たちは、大人たちから「ノロワレ」について聞かされたのだろう。

そしてそんな言葉の意味を理解できない幼い子供たちは、ハンナのことを「絶対に仲良くなってはいけない恐ろしい人」とでも言い含められてここに来たに違いない。

そんな不安と恐怖の入り交じる奇妙な空気の中、ハンナは一生懸命に授業をしている。

記念すべき最初の授業科目は、国語……つまり、読み書きである。

黒板とチョークなどという便利なものは存在しないので、代わりに木の端材を寄せ集めて作った大きなボードと、細長い木切れを焼いて炭にしたものを使って、ハンナは一文字ずつ大きく文字を書き、ひとつの言葉を綴る。

「少し長い言葉ですが、これを読める人は？」

努めて明るい声で呼びかけるハンナに、応える子供は誰もいない。皆、困惑の面持ちで目配せしあったり、俯いてしまったり……とにかく、ハンナに反応してはいけないと、皆、ビクビクしているようだ。

「誰か……誰か読めませんか？　じゃあ、先生がまず読みます。皆さんは、それに続いて読んでみてください」

祈るようにそう言って、ハンナは声を励まし、ボードを一文字ずつ指しながら「ヨビルトン」と読んだ。

「そう、これが、皆さんが暮らすこの集落の名前です。ヨ、ビル、トン。はい、どうぞ」

だが、子供たちは頑なに小さな身体を硬くして、口をギュッと引き結んでいる。

（ダメだ、もう見ていられない）

ハンナが、薄茶色の目に涙をにじませた瞬間、遊馬はたまりかねて、教室内にズカズカと入り、ハンナの横に立った。

「アスマさん？」

ハンナは驚きの声を上げた。子供たちもまた、突然、姿を見せた遊馬に驚きつつも、一様にホッとした表情になる。

子供たちのあからさまな反応に傷ついた様子のハンナを気遣い、遊馬はできるだけさりげない口調で言った。

「ほら、ハンナ先生の指示にちゃんと従わないと、授業が進まないよ。年長さんたちは読めるよね？　さあ、声を合わせて！」

　めがね先生だ！　という短いざわめきの後、遊馬に指名された年かさの子供たちが、躊躇いながらもてんでばらばらに「ヨビルトン」と、小さな声を発する。

「そう。みんなが暮らしているヨビルトン集落は、こんな風に綴るんだ。じゃあ、今度はみんな一緒に、もっと大きな声で。せーの！」

　遊馬の音頭で、今度は生徒みなが声を揃えた。

「ヨ・ビル・トン！」

　教室に、初めての元気な声が響き渡る。

　子供たちとしても、ようやく大きな声を出せたことが嬉しかったのだろう。皆がパッと顔を輝かせ、笑い声を立てて手を叩くそのさまに、教室の空気が少し緩んだ。

「……ありがとう、ございます」

　小声で感謝の言葉を口にして、そっと涙を拭うハンナの顔には、複雑過ぎる表情が浮かんでいる。

　さもありなんと理解しつつも、この場で彼女を慰めるわけにはいかず、遊馬は何かあったらいつでも呼んでください」と早口で囁き、せめてもの支えになればと、教室のいちばん後ろの空き席に腰を下ろした。

　その後もハンナの孤軍奮闘の授業は続き、太陽が頭上いちばん高いところに上る正午頃、初日の予定はどうにかこうにか終了した。

　城下では城とネイディーンの神殿にある大きな鐘が庶民に時を告げるが、その音が届かない辺境の集落には、正確な時刻というものは存在しない。

　夜明けと共に一日を始め、太陽の位置でざっくりと午前と午後を分け、日没までにほとんどの仕事を終える。

　蠟燭は貴重品なので、夜は魚油を使った薄暗い灯りを用い、どうにか寝るまでの視界を確保する。

　そんな流動的かつ大らかな時間感覚なので、授業も、城下の学校のようにきっちり時間を区切って、というわけにはいかない。

　子供たちの集中力が切れた段階で適時休憩を挟み、昼になったらそれぞれの家に帰す。それが、この学校の当座のスケジュールである。

　子供たちは、お喋りに興じながら、それでいて、戸口に立って皆を見送るハンナとは目を合わせないようにして、そそくさと去っていく。

（はあ……異様な雰囲気だったけど、とにかく学校を開いて、一日目の授業を終わらせる

ことができたんだ。第一関門クリア、なんだよな）

ハンナが素性を明かしたときのケイデンの態度を思うと、こうして無事に授業ができただけでも奇跡だ。

子供たちとハンナの関係には難がある、というか難しかないが、まだ初日、これから少しずつ改善していけるに違いない。

疲労と困惑の中にも希望を見出そうとしながら、遊馬は大きな欠伸を連発した。

実は、学校が無事に開けるかどうか、子供たちが本当に来てくれるかどうか心配で、遊馬は昨夜、ろくすっぽ眠っていない。

たちまちこみ上げる眠気に、彼は少しだけここで寝てしまおうと目を閉じた。

しかし、彼が眠りに落ちるのを阻んだのは、間近で聞こえた子供の声だった。

「めがね先生」

呼びかけに遊馬がしぶしぶ目を開けると、傍らに幼い少女が立っていた。

ケイデンと同じような、貫頭衣に似た簡素なシャツとチュニックを着て、ウエストに、端布を綴って編んだカラフルでお洒落な紐を結んでいる。

今年六歳になるその少女は、集落が封鎖され、遊馬たちが学校のにわか教師を務めたとき、毎日休まず通ってくれたお馴染みの存在である。

「ああ……ええと、ナナちゃん、だったよね」

遊馬が笑みを浮かべて名を呼ぶと、少女……ナナは、はにかんだ笑みを浮かべて、遊馬のシャツの袖を引いた。

「めがね先生が、おしえてくれたらいいのに」

ナナがそう言ったとき、ちょうど、他の生徒たちを校舎の前で見送ったハンナが教室に戻ってきて、遊馬は心臓がギュッと縮こまるような思いをした。だが、ハンナは二人の邪魔をしないように、クルリと踵を返してまた外に出ていく。

申し訳なく思いながらも、少女との会話を拒むわけにはいかない。遊馬は、溜め息をつきたいのをグッと堪えて、笑顔で少女に答えた。

「そうはいかない。僕はもう、先生じゃないからね。この学校を開くお手伝いに来ただけだ。君たちの先生は、ハンナさんだよ」

「でも、めがね先生がいいな。クリス先生でもいい」

子供の発言は正直なだけに辛辣だ。遊馬は困り顔で、ナナをたしなめた。

「そんなことを言うもんじゃないよ。ハンナ先生は、とてもいい先生だ」

「でも、ハンナ先生とはおしゃべりできないもん」

ナナは口を尖らせ、不満を口にした。

「ハンナ先生とは、絶対にしゃべっちゃだめだって、お父さんもお母さんも、お祖母ちゃんも、長も言ってた。しゃべったら悪いことが起こるって」

「それは本当だと思う？」

遊馬が問いかけると、少女は困り顔で首を左右に幾度も傾げる。

「わかんない。でも……」

「大人たちがそう言うから、そうだと思う？」

今度は、小さな頭がこっくりと上下した。

「ハンナ先生は、悪いことを君たちにもたらすような、そんな人だと思う？」

「……わかんない。ナナ、ハンナ先生のこと、しらないもん」

「ああ……そうか。それは、そうだよね」

ようやく遊馬が同意したことに満足したのか、少女はあっさり話題を変えた。

「ねえねえ、めがね先生。フランシス先生は帰ってこないの？」

期待を込めた素朴な質問に、遊馬は困り顔で返事をする。

「それはだいぶ難しいな。何しろフランシス先生は、大忙しだからね」

「そうなんだ。にんきものなんだね。きれいだもんね。やさしいし」

幼い少女には、「彼はこの国の宰相なのだ」などと説明されても、何をしている人なのか、想像すらできないに違いない。遊馬は笑顔で頷(うなず)いた。

「そうだね」

「しせいよく、しずかに、ゆうがに食事をせよ！　とか、さいしょ、こわかったけど」

「そうだねえ！」

思いのほか上手(じょうず)にフランシスの真似(まね)をしてみせる少女に、遊馬は思わず笑い出した。

子供たちにとっては、フランシスはこの国のナンバーツーではなく、美しい本を携(たずさ)えてやってきた、綺麗(きれい)で、たくさんの物語を知っていて、礼儀作法(れいぎさほう)に厳しい先生なのである。

ナナが帰ったあと、教室に戻ってきたハンナは遊馬に訊ねた。

「ごめんなさい、外までお二人のお話の一部が聞こえてきたものですから。フランシス先生というのは、もしや……」

遊馬は笑顔のままで頷く。

「はい。宰相殿下のことです」

「そういえば、この集落の子供たちは、宰相殿下のご薫陶(くんとう)を受けたと伺(うかが)いました」

「ええ。宰相殿下は、ああ見えてとっても子供の相手がお上手なんですよ。物語の読み聞かせなんて、集落の大人まで楽しみにしてるくらいでした」

「まあ。神様は、限られた方々には二物も三物も与えておしまいなのですね」

「不公平ですよね！」

「本当に。ですけれど、いかに神様から素晴らしい資質を賜ったとしても、それを育て、花開かせるのは人の務め。きっと宰相殿下も、多くを授かった分、人よりうんと努力し、研鑽なさったのだと思います。美も叡智も、放っておいて輝くものではありませんもの」

「ハンナさんは、凄く……何ていうか、真っ当なものの考え方をする人ですね。やっかみたくなったりしません？」

感心する遊馬に、ハンナはクスッと笑った。

「子供時代は、他の子たちをやっかんで、うらやんでばかりでしたよ。親が生きていていいな、『ノロワレ』でなくていいな、奉仕活動なんてせずに済んでいいな……妬みそねみの題材なんて、数限りなくありました。でも、そういう暗い思いは、結局私自身を貶め、つらくするだけですから。せっかく両親が繋いでくれた命です。精いっぱい生きて、自分にできることは何でもしよう、両親のように、次の命に何かを繋げるようにしよう。今は、そう思います」

「とても立派です。僕なら、やっかむだけで人生を終えてしまうかも」

「そんなことはありませんよ。アスマさんは親切だけど押しつけがましいところがなくて、一緒にいるととても気持ちが穏やかになります」

　そう言って、ハンナは遊馬に微笑みかけた。

「宰相殿下にせよアスマさんにせよ、尊敬できる方々が、私を信用し、大役を任せ、こうして助けてくださっているのですもの。これしきのことで挫けてはいられません！　フォークナー様が、裏で長とあれこれ交渉してくださっていることもうすうす知っています。私は恵まれています。ここに来るまでは、ひとりぼっちで戦わなければならないんだって思い込んでいたのに」

「ハンナさん……」

「私、負けませんから！　さっきは情けないところを見せましたけど、二度とあんな顔はしません」

　そう言って気丈に微笑むハンナに、「僕でできるお手伝いなら、何でもしますよ」と言ったあと、遊馬は躊躇いながらこう切り出した。

「ハンナさん。これ、訊いていいものかどうか、ずっと迷ってたんですけど、やっぱり気になるので……」

「はい？」

「ハンナさんは、どうして『ノロワレ』になったんです？　生まれ故郷の集落が全滅したって、いったい何が……その、話したくないなら、無理はしてほしくなんですけど」

思いきって問いかけたものの、やはり躊躇う遊馬に、ハンナは静かにかぶりを振った。

「隠すようなことではありません。アスマさんは遠くの国からいらしたからご存じないだけで、マーキスで生まれ育った人は、たいていご存じです」

「そうなんですか？　だから、クリスさんも敢えて訊かなかったのかな」

「おそらく。私が生まれ育ったロージアン集落は、このヨビルトン集落よりずっと小規模で……せいぜい十二、三軒ほどかしら。小さな入江を取り囲むように、粗末な家々が寄り添うように建っていました。男の人は、二人乗ったら満員の小舟に網を積んで沖に漕ぎ出し、漁をする。女の人は、森から採ってきた植物の線維から糸を作り、機を織る……そんなところでした」

「何だか、絵画みたいな風景が目に浮かびます。のどかな集落だったんですね」

遊馬の言葉に、ハンナも微笑んだ。

「どこの家からも、機を織る音が聞こえてくるんです。地面にいくつも丸を描いて、機織りの音で拍子を取って、ぴょんぴょん飛んで移動する遊びを、他の子供たちとした記憶があります。近隣の集落はどこも同じような感じで、集落ごとに布に異なる衣装の柄を織り込むんです。私たちの集落の柄は……これです。いえ、これでした」

ハンナは、ウエストベルトに取り付けた革袋から、色褪せた布切れを取り出した。木の線維から織ったとは思えないほど、繊細で美しい布だ。ハンカチほどのサイズの布には、リボン状に、幾何学的な模様が織り込まれていた。

おそらく、模様の意匠は、植物だろう。極端にデフォルメされてはいるが、蔓と葉と小さな丸い実のように遊馬には感じられた。

布切れを愛おしげに指先で撫でながら、ハンナは話を続けた。

「幼かった私の記憶はおぼろげですけれど、あの夜までの思い出は、強い陽射しと、青が刻々色合いを変える美しい海と、両親をはじめ、元気がよくて声が大きくて、明るい集落の人たちの笑顔ばかりです。それなのに」

「……何があったんです？」

「ある日、荷車を引いた五人の男たちが、集落にやってきました。そのうちひとりは顔から肩口にかけて大きな怪我をしていて、まだ乾ききっていない血がベットリこびりついていたのを覚えています。とても怖かったので、母にしがみついたことも」

「なんでまた、そんなことに？」

「彼らは、自分たちは毛皮を商う商人で、仕入れの旅の途中、山犬に襲われたと言っていました。私たちの集落の長はとても気の毒がって、自分の家に彼らを泊めることにしたんです。でも、本当は……彼らは盗賊でした」

　そのあとの展開が容易に想像できて、遊馬は「ああ」と絶望の声を漏らした。ハンナも、つらそうにそっと目を伏せた。

「実は、盗賊たちはその前日、ロージアンと同じように小さな近隣の集落を襲い、住人を皆殺しにしていたのです。男たちのひとりが怪我をしていたのは、そのとき、住人の抵抗に遭ったせいだったのでしょう」

「いったい、何を目当てに、そんな残虐なことを？」

「大人たちが日々の暮らしに使うために織っていた布が、素朴でよいと異国のお金持ちの間で人気になったらしくて……」

　遊馬は顔をしかめた。

「まさか、布を奪うためだけに、集落の人たちを皆殺しに？」

　ハンナもまた、沈痛な面持ちで頷いた。

「荷車の覆いの下には、きっと奪った布が山積みになっていたのでしょうね。そして彼らは、私たちの集落をもまた、同じように……きっと皆が寝静まるのを待って、闇の中、寝込みを襲って回ったんだと思います」

　淡々と語られる陰惨な話に、遊馬は気持ちが重く沈むのを感じつつ、それでも疑問を呈さずにはいられなかった。

「でも、布が目当てなら、ただ奪うだけでいいのに。何も全員を殺さなくても」

「私にも理解できませんでした。ですが、あなたと同じ疑問を口にした私に、神官様は仰いました。集落の織り手をことごとく殺せば、二度と同じ布は織れなくなる。そうなれば、現存する織物ががぜん貴重になり、その価値が格段に上がるのだ、と」

盗賊たちの真の残虐性を理解した瞬間、遊馬は思わず身震いした。

「ああ、そういう……！　理屈はわかったけど、そんなことを考える奴の思考回路は理解したくないな、絶対に！」

珍しく嫌悪感をあらわに吐き捨てる遊馬に、ハンナも静かに同意する。

「同じ気持ちです。ですが、彼らは実際にそう考え、織り手を始末する上で邪魔になる家族も共に……まるで、羽虫でも潰すような軽い気持ちだったのでしょうね」

「クソだな！　あ、すみません、汚い言葉を使ってしまった。でも、それ以外に思いつける表現がないです」

「神殿の孤児院では決して使ってはならない言葉ですけど、この場合はもっとも適切かと。クソですね！　ああ、思いきって口にしたら、少しだけスッとしました。悪党相手なら、罵倒もときにはよいものです」

ハンナは小さく微笑むと、自分のつらい過去をさらに引き出すための力を蓄えるように、ひとつ深呼吸した。

「これだけはハッキリ覚えています。隣の家から悲鳴が聞こえて、私は深夜に目覚めました。同じベッドで眠っていた両親も跳ね起きて、父は私を抱えて裏口から飛び出し、私を堆肥の山の中に隠しました。驚く私の口に手を当てて、父は厳しい顔と声で言いました。決して出てはいけない、声を出してもいけない。いいと言うまで、目をつぶって、耳を塞いでいなさいと」

「ハンナさんをどうにか助けようとしたんですね」

ハンナの目から、ポロリと涙が零れる。

「堆肥の臭いが嫌で嫌で、でも父の真剣な顔を思い出すと、絶対に言いつけを守らなきゃいけないんだと、幼心に感じた記憶があります。言われたとおり、やけに温かい……暑いくらいの堆肥の中で、ギュッと目をつぶって、思いきり耳を塞いで……。でも、いつまで経っても、『もういいよ』という父の声は聞こえませんでした」

言葉もない遊馬に、ハンナは指先で涙を拭いながら言った。

「いつの間にか、疲れて眠り込んでしまっていたんだと思います。目が覚めて、喉が渇いて我慢出来ず、堆肥の中から這いだしてみたら……辺りは明るくなっていて、目に入ったのは、あちこちに流れる赤い水の筋でした。実際は、水などでは……なかったのですが」

それ以上言わなくていいと言葉にできず、遊馬はただ激しく首を振る。ハンナも、震える声でどうにかそれだけ言い終えると、しばらくこみ上げるものをこらえるように沈黙した。

遊馬は、彼女が再び話し始めるのを、じっと待った。

「……それからのことは、何ひとつ覚えていません。気づけば、孤児院のベッドの中にいました。何日も眠り続けていたそうです」

「よほど、ショックだったんですね」

ハンナは小さく頷(うなず)いた。

「幸いだったのは、自分が世間から『ノロワレ』と蔑(さげす)まれる立場になったことを知ったのが、ずっと後だったことです。それまでは、神官様がたがしっかり守ってくださって、私はかなり冷静に、その現実を受け止めることができました」

「冷静にって！　それだって、辛(つら)かったし、嫌だったし、理不尽に思ったはずでは？」

「勿論(もちろん)です。とても腹が立ちました！　私だって、好きでひとり生き残ったわけじゃありませんもの。さっき、アスマさんが言ってくださった、『クソ』以外の何ものでもなかったです」

ハンナの顔に、ようやくいつもの明るい笑みが戻ってくる。

「ですが、孤児院での奉仕活動を通して色々な方の人生を垣間見たことで、人は、百人いれば、百とおりのものの考え方をするのだと、私は理解できていました。神官様がたのように私を慈しんでくださる方がいれば、逆に、私を蔑み、嫌う人も必ずいるのだと」

そんなハンナの言い様に、遊馬はむしろ憤慨して言い返す。

「それは僕のいた場所でも同じですけど、だからって耐える必要はないですよ!!」

「ええ。いわれのない差別や偏見を受け入れてはいけない。私もそう思います。ですから、ここに来ました。私が『ノロワレ』を迷信だ、理不尽だとみずから否定できるのは、孤児院で教育を受けられたからです」

そう言いながら、ハンナは、両手で四角い形を作ってみせた。

「筋道だててものを考えるのは、煉瓦を積むのに似ています。ひとつひとつ知識を集め、組み合わせて積み上げ、自分の考えを形作っていく。そのとき、しっかりした土台がなければ、煉瓦を高く積むことはできません」

「土台……ですか」

「ええ。それこそが、教育だと思っています。私があの子たちに教えられるのは、ごく基礎的なことだけでしょう。でも、それが頑丈な土台になって、あの子たちがこの先、自分でさらに学び、自分で考える礎になってくれれば……そう願って、私はここの教師になると決めました。自分が『ノロワレ』であることも隠さず言おうと、同時に決心したんです」

遊馬は、ハンナの言葉をゆっくり噛みしめながら、ゆっくりと口を開いた。眠気は既に、彼方へ飛び去っている。

「なる……ほど。僕はちょっと誤解していたかも」

「誤解？」

首を傾げるハンナに、遊馬は正直に告げた。

「ハンナさんは、先生業を通して、ご自分への誤解や差別をなくしたいと思ってるのかなって。勿論、それは当然のことなんですけど。もっと視野が広かったんだなって……すみません、失礼なことを」

ハンナは軽く眉をひそめはしたが、腹を立ててはいないようで、真顔で「そうですね」と少し考えてから口を開いた。

「勿論、子供たちと同じひとりの人間としての私を知ってもらうことが、誰かを差別することへの疑問や、差別とは何かを考えるための糸口になればいいと思っています。だからこそ、子供たちともっとまともに交流したい。でも、私に対する偏見や差別だけが消えても意味はありませんし、本来、人となりがどうであろうと、それが差別をしていい理由にはなりません」

「あっ」

　ハンナの指摘に、遊馬はハッとした。

　二十一世紀を生きる日本人として、「偏見や差別はよくない」という考えを当然のことだと思う一方で、人柄や能力によって、相手の価値をはかりがちな自分にも気づいたからだ。

「それは……確かにそのとおりだと思います。『ハンナさんは優れた人だから、他の「ノロワレ」とは違う、差別はやめよう』って方向性じゃ、意味はないってことですね。そうか、僕の心にも、そういう発想、どっかにありました。恥ずかしいです」

　ハンナは頷き、自分の心を言葉で表現する方法を探りながら、丁寧に言葉を選んだ。

「わかります。偏見や差別は、頑固な雑草のようなものです。手当たりしだいに抜いたところで、地中深くに残った根から、また次々と芽吹き、茂り、種を飛ばしてしまいます」

　そんなたとえをして、ハンナは元気よく草を抜く仕草をしてみせた。

「それでも、絶やしたい草は、抜き続けるしかないのです。生い茂る雑草を見慣れてしまえば、生えていることが当然になって、抜く気すら起こらなくなってしまう。それではいけないんです」

「なる、ほど！」

「地道に、根比べのように取り組みを続けるしかない。ひとりひとりの子供が、自分の心から、大人たちに植え付けられた偏見や差別をひとつずつ見つけ、取り除いていく……その力を与えるものが、教育であると思っているんです。世の中には、たくさんの偏見や差別があります。今すぐ、どうこうできなくても、次の代、次の次の代と、少しずつ変化が生まれれば……その小さな足がかりのひとつを作ることが、私の目標です」

「そうか……！　陳腐な言葉ですけど、凄いことだと思います、僕」

遊馬の心からの賛辞に、今度はハンナは恥ずかしそうに首を振った。

「偉そうなことばかり言って、行動が伴なっていないのが情けないです。戦うことを決めたのは自分なのに、さっきもつい泣きそうになって、アスマさんに助けていただいてしまいました」

反省しきりのハンナを見て、遊馬はきっぱりと宣言した。

「あんなことがあったら、泣きたくなって当たり前ですよ。僕ならガチ泣きしてます」

「まあ」

「ホントですよ？　ハンナさんは今日、めちゃくちゃ頑張ったと思います。僕、ハンナさんの真意を知って、これまで以上に、子供たちにもそういう想いを、熱意を、理解してほしいと思ってます。交流も……今のままじゃ難しいでしょうけど、何とかしたいと思っていて。そこで相談なんですけど」

「何でしょう？」

遊馬の提案に耳を傾けるうち、ハンナの目がどんどん丸くなっていく。

「えっ、それはとても、なんというか名案……いえ、迷案かしら。でも、やってみる価値はあると思います。とはいえ、そんなことをお願いしてもよろしいんですの？」

「僕がやらせてくださいってお願いしてるんです。いいですか？」

「ええ、勿論です。アスマさん……本当に、ありがとうございます」

「お礼は上手くいってからで！　やってみましょう。さっそく明日から！」

思いもよらない遊馬の提案に、ハンナはどうやら再び元気を取り戻したらしい。

「よろしくお願い致します！　明日はきっと、今日より頑張りますね」

彼女らしい弾んだ声でそう言って、ハンナは両の拳で控えめなガッツポーズを作ってみせた。

翌日の授業は、初日とは明らかに状況が違っていた。

何しろ、子供たちに交じって、教室の最前列ど真ん中のベンチに遊馬とクリストファーが並んで座っているのである。

昨日の遊馬の提案というのは、「子供たちがハンナと交流することができないなら、自分が生徒のひとりになり、彼らの代わりに積極的に授業に参加する」というものだった。

自分とハンナのやりとりを通して、積極的に質疑応答をして学ぶ楽しみを知ってもらい、同時にハンナの人となりも少しでも理解してもらおう。

それが遊馬のアイデアだった。

予定外だったのは、昨夜、それを遊馬から聞いたクリストファーが、「ならば俺も」と言い出したことだった。

「質問したり答えたりする係が多いほうがいいだろう」

というクリストファーの意見はもっともで、ハンナもそれを喜んで受け入れた……のだが。

そもそも、小柄な遊馬ですら小さ過ぎると感じるベンチと机である。そこに、大男のクリストファーが全身を折り畳むように苦心惨憺して着席しているさまは、それ自体が十分すぎるほど面白い。

登校してきた子供たちは、まずその光景に目を丸くした。

しかも、遊馬もクリストファーも、前回の臨時学校のときは「先生」だった人物である。

そんな二人が、自分たちと共にハンナの授業を受けるということは、ハンナは、二人より優れた教師であろうと考えるのは当然の結果だ。

相変わらず、大人たちの言いつけを守ってハンナと口を利かないよう頑張っている子供たちだが、早くも朝一番から、ハンナを見る目にいささかの敬意が加わったことを、遊馬はハッキリと感じていた。

いざ授業を始めてみれば、生徒に徹すると心に決めたクリストファーが、「はい、ハンナ先生！　質問があります！」と野太い声を発し、太い腕を真上に突き上げたりするものだから、そのたび、遊馬の腹筋はねじ切れそうになった。

ハンナも、どう考えても必死で笑いをこらえている顔つきで、そのくせ厳かに「はい、クリス君」と指名するものだから、とうとう耐えきれなくなった遊馬は机に突っ伏してしまい、その様子を見て、子供たちもつられて笑い出した。

初めて教室に響いた明るい、幸せな笑い声に、ハンナは笑顔のままで涙ぐむ。

年長の子供たちは、ハッと我に返って大人たちの言いつけを思いだし、年下の子供たちを黙らせようとしたが、クリストファーは後ろを振り返り、力強く言い切った。

「笑い声は会話じゃないぞ！　お前たちが勝手に笑う分には、ハンナ先生とかかわりを持ったことにはならん！　あと、拍手なんかも、お前らが勝手にやっていいことだ」

（クリスさん……！　冴えてる！）

遊馬はビックリして、ほぼ太股とふくらはぎが密着するような無理な姿勢で座り続けているクリストファーを見た。

よく観察すると、クリストファーの目が妙に腫れぼったい。

責任感の強い彼のことだ、自分が生徒としてどんな風に役に立てるか、どうしたら子供たちの心を解きほぐせるか、昨夜は寝ずに考えていたに違いない。

（僕には思いつきもしなかった。そうか、笑い声、拍手。別に会話をしなくたって、気持ちを表現する方法はいくらでもある！）

そう気づいた瞬間、遊馬は大きく手を叩いていた。

「ハンナ先生、クリス君が凄くいいことを言ったと思います！　僕も賛成です！　先生の授業がよくわかったとき、僕はこれから、手を叩きます。面白かったら勝手に笑います」

「うむ！　ほら、お前らはどうだ？　この考えに賛成か？」

生徒たちはしばらく仲間たちの間で視線を彷徨わせ、ざわめきながら迷う様子を見せた。

遊馬もクリストファーもハンナも、ドキドキしながら彼らの判断を待つ。

やがて、いちばん年長である十一歳の男子生徒、ワットが、ハンナではなく、クリストファーを見つめて手を叩き始めた。

臨時学校のとき、体術を教えていたクリストファーにもっとも熱心に相手をせがんでいた、年齢のわりに身体が大きな少年である。

父の跡を継いで漁師になることが生まれながらに決まっているだけに、城下生まれとはいえ、自分と同じ平民の身分のまま国王補佐官まで上りつめたクリストファーに対して、強い憧れの念があるようだ。

今も、そんなクリストファーへの敬意が、ハンナへの警戒心をわずかではあるが上回ったのに違いない。あくまでも、「クリストファーの提案に賛成する」という体である。

それでも、リーダー格のワットが賛成ならと、他の生徒たちもホッとした様子で、バラバラと手を叩き始めた。

中には、拍手は怖いらしく、それでも指先をそっと触れ合わせることで加わる子供もいて、ハンナは嬉しそうに涙目のまま微笑みを深くした。

「これは会話ではなく、私が勝手に感謝しているだけですが、ありがとう、皆さん。せいいっぱい、よい授業を致します。では、クリス君、改めて質問をどうぞ？」

「はいっ」

クリストファーはこれ幸いと元気よく返事をして立ち上がり、折り畳まれていた全身を伸ばしたはいいが、「あー」とたちまち口ごもった。

「クリス君？」

「あー……と、すみません、先生。何を質問するつもりだったかを忘れました！」

どこまでも堅物のクリストファーのことだ。冗談などではなく、まったくの本気なだけに、余計におかしみがある。

「あらま」

意表を衝かれ、少々は呆れて頬に片手を当てたハンナのリアクションも妙に面白くて、教室は大いに沸いた。

「クリス君、だめだよー」

「おもいだしてー！　がんばって！」

クリストファーになら話しかけても大丈夫なので、子供たちはこのときとばかり、先生だったクリストファーを君付けで呼んでからかい、また笑う。

（ああ、やっとここが本当の意味で「学校」になった。子供たちが、楽しく嬉しく学べる場に）

遊馬は心底嬉しく思いしつつ、恐縮して大きな身体を縮こめている師匠を庇うべく、

「じゃあ、僕が質問してもいいですか、ハンナ先生！」とことさら元気よく手を上げたのだった。

そのときから、どうにも愉快で奇妙な日々が始まった。

遊馬とクリストファーは、毎日休まず「登校」し、子供たちと共にハンナの授業を受けた。

集落の大人たちは、そんな二人の姿を「なんだい、こないだは先生やってたくせに、今はうちの子らと一緒にお勉強かい？」と小馬鹿にし、長のケイデンは「ちょうどいい。無理を通した責任取って、お前らが、あの女がガキどもとくっちゃべったり触ったりしねえよう、ちゃんと見張っとけよ」と居丈高に命令してきた。

だが、二人としては、「学校が無事に開かれ、軌道に乗るまで支援する」ことが今回の使命なので、まさにそれに沿って行動しているだけだという認識である。

当然、二人ともすべての授業に真剣に参加している。たまに不可抗力としてのごく短い居眠り時間は発生してしまうとしても。

相変わらず、子供たちはハンナと言葉を交わすことはないが、クリストファーが提案した笑い声と拍手、それに加えて「わかりにくい」を意味するらしい足踏みといった音を伴う動作を自分たちで編み出して、授業にリアクションをするようになった。

さらに、遊馬かクリストファーに頼めば、自分たちの代わりにハンナに伝えてもらえると理解した子供たちは、授業中、疑問に思うことや意見したいことがあると、そっと二人のところにやってきて、ゴニョゴニョと耳打ちしていく。

自分たちの言葉を、二人がどんな風にハンナに伝えるのかも、子供たちにとっては楽しみのうちらしい。

ちょっとした伝言ゲームのようで、いささかまどろっこしいことではあるが、遊馬とクリストファーにとっても、これはある意味、皆の関心を引くような質問を組み立てる腕の見せ所である。

ふたりが「通訳」する質問のひとつひとつに、懇切丁寧（こんせつていねい）、一生懸命に考えて答えるハンナの誠実さや熱意は、子供たちにしっかり伝わっているようで、会話はなくとも、教室の中には常に、穏やかで明るい空気が満ちるようになってきた。

学校が始まってちょうど十日目の放課後、いつもなら親の漁を手伝うため真っ先に教室を飛び出していくはずのワット少年が、酷（ひど）く困惑した顔つきで遊馬とクリストファーのところへやってきた。

「どうした？　質問か？」

クリストファーが問いかけると、ワットは周囲を見回し、誰もいないことを確かめてから、ちょいちょいと手招きをした。

「うん？」

怪訝（けげん）そうにしながら、クリストファーは少年の意図するところを理解して、長身を屈める。するとワットは、ヒソヒソ声でこう言った。

「ハンナ先生は……『ノロワレ』は、ほんとに呪われた、魔物の仲間になっちゃった人なの？　ほんとに、かかわると、俺たちの集落が魔物にやられちゃうの？」

おそらくは大人たちに言われたままを口にしたワットの顔には、怯（おび）えと同じくらい戸惑いの色が浮かんでいる。

クリストファーは「そんなはずがなかろう」と言いたげな面持（おもも）ちをしたものの、即座に返答せず、じっと少年の顔を見つめてから、穏やかに問い返した。

「お前自身はどう思う？　学校が始まってから、ハンナ先生を毎日見てきただろう。あれが、魔物の仲間か？」

ワットは、肉付きのいい顔をギュッとしかめ、太い指で鼻の下を擦りながら、考え考え答えた。

「人は見かけによらねえ、優しそうな顔にだまされんな！　って長は言ってたけど……」

「それは確かに、大事な教えだ。否定する気はない」

生真面目（きまじめ）に同意するクリストファーにむしろホッとした様子で、ワットはこう続けた。

「集落のみんなが死んで、自分だけが生き残ったら、誰でも『ノロワレ』になっちゃうって聞いた。ハンナ先生の集落の人たちは、盗賊に殺されたんだって」

やはりその一件は、この国では有名な事件だったようだ。ワットの話に、クリストファーも頷いた。

「そのとおりだ。当時、お前より幼かったハンナ先生は、両親に上手く隠してもらって虐殺を免れたと聞いている。ハンナ先生が生き延びられたのは、親御さんの愛情と賢さの賜だ。魔物の仲間にされたからじゃない。そうは思わんか？」

まだ迷いながらも、ワットは曖昧に浅く頷く。

「そうかも、しれない。わかんない。でも、同じことがここであったら、もしかしたら、俺も『ノロワレ』になっちゃうかも？　妹も？」

クリストファーは、ゆっくり深く頷いた。

「そうだ。これは決して他人事じゃない。いいか。災難は、いつ、どこで起こるかわからん。防げるときも、防げないときもある。対処できるときも、到底できないときもある。災難は、誰の身にも起こりうる。それなのに、そうしたことを誰かひとりのせいにして、そいつを排除すれば自分たちは安全に暮らせるなどと、傲慢かつ楽観的であるにも程があるとは思わんか！」

「え、え、えええ？　えっと……ええと」

「ちょっとクリスさん！　それはいくら何でも子供相手には高等すぎる話ですよ。それに、ワット君を責めてるみたいになってるじゃないですか。めっ！」

思わず、戸惑うワットを庇おうとした遊馬は、学校で授業を受けているときのノリで、クリストファーを可愛く叱ってしまう。

だが、それを咎めることすら忘れ、クリストファーは大いにショックを受けた様子で項垂れた。

「す、すまん。言い過ぎた。つい熱くなるのは、俺の悪癖だな。謝る。そして、お前を責めたわけじゃない。お前の疑問は、正しい。圧倒的に正しい。正しいからこそ、そこで考えることを止めず、先に進んでほしいんだ。だから、つい厳しいことを言った。……そして、これだけは追加して言わせてくれ」

ワットがまだ軽く怯えた様子ながらこくんと頷いたので、クリストファーは、今回は意識的に声を抑え、穏やかに言った。

「混乱させるかもしれんが、とても大切なことだ。いいか、『大人だって間違える』んだ。お前の親だって、長だって、間違ったことを言ったりしたりすることは必ずある」

「ええっ？」

「みんな、同じだ。正しいことをするときもあれば、間違ったことをするときもある。もっと言えば、自分もみんなも正しいと思ってやったこと、言ったことが、うんと時間が経ってから振り返ると、あれは間違っていた……と気づくこともある」

ワットは途方に暮れた様子で、ソワソワとチュニックの裾を弄った。

「そんなの、どうしようもないじゃん」

「そんなことはない。何より大事なのは、自分の間違いを認めることだ。そして、二度と繰り返さないこと、自分より若い世代に、同じ過ちをさせないことだ。それはときに難しいが、大切なことだと俺は思う」

一生懸命にクリストファーの言うことを理解しようとして、ワットは必死の面持ちで食い下がる。

「それって、今、集落のみんなが間違ってるってこと？　長も、俺の父ちゃん母ちゃんも？　みんな？　俺たちがハンナ先生にしてることが、間違ってるってこと？」

だがクリストファーは、静かに少年の質問をはねのけた。

「それは、俺に訊ねて簡単に結論を出していいようなことじゃない。さっきも言ったように、お前自身が考えるべきことだ。自分の目で見て、耳で聞いて、心で感じて、頭で考えろ」

「俺が自分で……考える？　でも、親の言うことは聞くもんだ、長老の言うことは聞くもんだって」

素直なワットが口にする戸惑いを、クリストファーは厳しく切り捨てた。

「聞く耳を持つことは大事だ。だが、それを鵜呑みにしていいわけではない。相手の言うことが正しいかどうか、お前が判断するんだ」

「どうしたら、そんなことができるの？」

クリストファーは少し考えて答えた。

「俺にもわからん。だが、想像力を持つことは大事だと思う。もし、この集落に災難が降りかかって、偶然、お前ひとりが生き延びたら？　大切な人や家を失って、ひとりぼっちになった上に、『お前はノロワレだ。魔物の仲間だ』と言われたらどんな気持ちか。まさに、ハンナ先生が味わってきた思いだ。それを自分が経験することを想像してみろ。それは本当に、お前のせいか？　お前はそんな目に遭っても当然なのか？」

「ううう」

「時間をかけてもいい。時には他の奴の意見を聞いてもいい。だが、最終的には、お前が自分自身で結論を出すんだ」

どう考えても、十一歳の子供には荷の重すぎるアドバイスである。

だが今回は遊馬も、クリストファーを窘めようとはしなかった。

クリストファーの真剣さはワットに十分過ぎるほど伝わっているし、ワットもまた、尊敬するクリストファーの言葉を、すべて理解できないにせよ、必死で受け取ろうとしていることがわかったからだ。

とはいえ、何もせずに傍観しているわけにもいかないようだ。

ワットは、シワシワの梅干しのような顔つきで、うう、と唸った。

「そんなの、むずかしいよぉ」

少年の悲愴な声に、遊馬は慌てて助け船を出す。

「大丈夫、今すぐ結論を出さなくていいよ。クリス先生も言ったろ、時間をかけてもいいって。このこと、僕たちは誰にも告げ口しない。だから君も、ゆっくり考えてみてよ、ハンナ先生のことを」

ワットはようやく安心した様子で、顔のあちこちにできていた奇妙なシワを消す。

「じゃあ、今は遊んでもいい？　今日は、漁がないんだ。船の手入れの日だから」

「勿論、いいよ！　今日も授業、頑張ったもんね」

遊馬は笑ってそう言い、クリストファーも、いつの間にか険しくなっていた頬を片手でさすった。

「またしても、すまん。俺はどうも、大人げなくせっかちでいかんな。……さて、俺はもう行く。ケイデンに呼ばれているんだ」

「あ、それ、僕も一緒に行っていいですか？」

遊馬が申し出ると、クリストファーはむしろ嬉しそうに頷いた。

「ああ、助かる。お前のほうが、話は上手いからな」

だが、二人のやり取りに、ワットは今度は膨れっ面になった。

「えええー！　ふたりとも行っちゃうの？　これから久し振りに、みんなで遊ぶのに。いいもの持ってきたのに！」

「いいもの？」

遊馬が訊ねると、ワットは自分の席に置いてあったものを大事そうに抱えて持ってきた。

それは、多少不格好ではあるが、大きなボールだった。遊馬は思わず目を丸くする。

「この世界にも、ボール、あったんだ！　ちょっと持ってみてもいい？」

「いいよ」

ワットが大事そうに渡してくれたそれは、不規則に縫い合わせたごわついた皮革の中に、何かをぎっしり詰め込んだものだった。思っていたより重くて固いそれに、遊馬は鼻を近づけてみる。

「うーん、埃っぽい獣臭さ……牛？　豚？」

するとワットは、物知らずを見る顔で遊馬を見た。

「違うよ、鹿に決まってんだろ！」

「鹿？　そうか、これ、鹿革なんだ？」

ワットは、さも当然と言いたげに、海の反対側、つまり内陸の街道側を指さした。

「鹿は、あの辺にいっぱいいるから。中身は食べて、皮もいいとこは服にしたり袋にしたりするけど、あんましよくないところを貰ってきて溜めといて、お母ちゃんに頼んで縫ってもらって、球を作るんだ」

「へえ。ずいぶん重いし固いけど、中には何を詰めてあるの？」

「木屑と土だよ！　これを蹴飛ばしたり投げたりして遊ぶの。みんなで取り合って、遠くの木箱に入れた奴が勝ち！」

「サッカーとバスケのいいとこ取りだな！」

思わず独り言を漏らした遊馬をよそに、クリストファーは済まなそうにワットの不満顔を覗き込んだ。

「すまん。また誘ってくれ。今日は、子供だけで遊んでいろ」

「つまんないの。今日は特別なおやつもあるのに。ほら！」

ワットは、ボールと一緒に持っていた革袋を開いて見せた。中には、粉を練って油で揚げたとおぼしき、ゴロンとしたボール状の菓子がたくさん入っている。

「ドーナツっていうか、サーターアンダギーみたいだな。甘いの？」

遊馬の問いかけに、ワットは自慢げに頷いた。

「ちょっと甘い！　揚げてから、糖蜜をたらっとかけるんだ。今日は祖母ちゃんの誕生日だから、振る舞い菓子、なんだよ。ひとつ、食べる？」

「ああ、なるほど。お祖母さん、お誕生日おめでとう！　みんなにとって、ご馳走おやつだろ。僕たちはいいから、みんなで分けて食べなよ」

「そーお？　ひとつくらいなら、あげてもいいのに」

少し残念そうに袋の口を縛ったワットは、それでも明るい笑顔で挨拶をした。

「じゃあ、また明日ね、アスマ、クリス君」

「おう。友達と仲良く遊べよ。お前はちょっと短気なところがあるから、特に年下の子らには優しくな！」

すっかりクリス君呼ばわりが板についたクリストファーは苦笑いで返事をし、遊馬は笑顔で手を振りつつも、「なんで僕だけ呼び捨て？」と、小さな疑問を口にした……。

「おい。話は聞いてっぞ。ずいぶん上手くガキどもに取り入って、あいつらを丸め込んでるそうじゃねえか」

長の館の奥まった部屋で二人を待っていたケイデンは、彼らが板の間に腰を下ろす前から、苦言を呈し始めた。

勧められるのを待たず、ケイデンの前に置かれた座布団代わりのシートの上にどっかと胡座を掻いて、クリストファーは平然と嘯く。

「人聞きが悪いな。俺とアスマは、真剣に授業を受けているだけだが」

「ハッ、どうだかな。確かにあの女教師、ガキどもと直接口はきいていないようだが、お前らを挟むことで、うさんくせえやりとりをしているようじゃねえか。生徒たちが学校が楽しいと触れ回ってるせいで、躊躇ってたガキどもまで、行きたがってる」

「いいことじゃないか。そうだな、ベンチと机をあと三、四組追加で作ってほしいところだ。まだ並べる余地があるし、子供たちがゆったり座れるようになる」

クリストファーの要求に、ケイデンは唇をひん曲げて舌打ちした。

「おい、別にお前らの希望を聞いてやろうと思って呼びつけたわけじゃねえ。調子に乗んな。俺はただ、学校を開かせてやったんだから、国王陛下から頂戴した褒賞は目減りしねえんだろうなって念を押したかっただけだ」

クリストファーは、悠然と座して頷く。

「そうだな。そろそろ最初の報告書を、宰相殿下に向けてしたためようと思っていたところでな。学校が無事に開かれ、日々、授業が行われていることと……」

「うむうむ！」

「我々が要求するまでもなく、集落の住民が見事な校舎を建ててくれていたこと、さらに我等三人の日々の食料を集落の長、つまりあんたが提供してくれていることは、忘れずご報告せねばならんと考えている。学校の設立・運営に、実に協力的であると」

「おっ、いいじゃねえか。是非とも報告しろ」

満足げに頷くケイデンを、クリストファーはジロリと見据えて言葉を継ぐ。

「と同時に、専任教師であるハンナ・クロスビー女史に対するお前たちの排他的かつ偏見に満ちあふれた態度については、どう記したものかと頭を悩ませていたところだ」

「おいおいおい、ちょっと待った。それはいただけないぜ」

ケイデンは、ワイルドな顔じゅうで不満を表明して、片手で床を叩いた。だが、クリストファーは、あくまでも淡々とした口調で言い返した。

「何がだ？　いいことも悪いことも、包み隠さず正確に記録するのが報告書の身上だろう。それによって、褒賞の可否も……」

「いやいやいや、俺らは別に悪いことはしてねえだろ。あの『ノロワレ』の女……」

「クロスビー先生だ」

　訂正するクリストファーの声にも双眸にも、隣に座った遊馬がビクッとするほどの力が込められている。さすがのケイデンも、軽く気圧された様子で、従順に言い直した。

「クロスビーについては、俺ぁ、できる限りの妥協をしたぜ。正直なところを言やぁ、即座にこの集落から放り出したかったし、長としちゃそうするべきだった。ネイディーンの神殿育ちって聞いて、どうにかこうにかギリギリ妥協したのが、今だぜ？」

「確かに、国王陛下からの褒賞とクロスビー先生を秤に掛け、さらにネイディーンの怒りを買わないよう損得勘定をするほどの冷静さがあんたにあったことは、評価したい」

　クリストファーの好意的な発言に、ケイデンは今度は勢い付いてまくし立てる。

「そうだろう。あの女……クロスビーに教師をやらせてやって、ガキどもを通わせてやって、食い物を恵んでやって、大盤振る舞いもいいところだ。まあ、食い物はクロスビーにっていうよか、あいつの後ろにいるネイディーンへの供物って意味合いだけどな」

「意味合いはどうでもいい。事実は評価すると言っている。だが、あんたが集落の人たちに言いつけた、クロスビー先生を『粗末にするな、だがかかわるな』というのは、生殺しみたいなもんだ。彼女が、この十日あまりでどれほど苦しみ、傷ついたことか」

それを聞いて、ケイデンは眉を弓なりに上げ、ハッとせせら笑った。

「てめえから『ノロワレ』だって明かしたんだ、そのくらい、覚悟はできてただろうよ」

「それは、そうだが」

「何度だって言うがな、フォークナー。俺ぁ、クロスビーを受け入れたわけじゃねえ。ネイディーンに義理立てして、置いてやってるだけだ。いくら常任の教師だからって、『ノロワレ』を身内にする気は毛頭ねえんだ。いくら陛下から頂戴してる褒賞が惜しくとも、集落の皆の命にゃあ代えられん」

「だから！『ノロワレ』なんてただの迷信だし……むぐっ」

思わず反論しようとした遊馬の口を大きな手でぞんざいに塞ぎ、クリストファーはムッとした顔で口を開いた。

「長としての、あんたの立場はわかっているつもりだ。だが、現状では、学校の運営が円滑とは言えん。それもまた事実だ」

「おい、まさか」

「あんたと、あんたの命令を受けた集落の人々のハンナ・クロスビーに対する態度についても、ありのままに報告書に記載する」

ケイデンはすっくと立ち上がると、一段高い場所から下り、クリストファーと遊馬の真ん前まで来て片膝をついた。そして、険しい面持ちで二人を順番に睨めつけた。

「おい。一緒に疫病を退けた仲じゃねえか。こんだけ折り合ってる俺らを、悪く報告するってなぁ、いくら何でも薄情過ぎるんじゃ……」

ドスの利いた声でケイデンは凄んだが、クリストファーは少しも動じなかった。鼻息がかかるほどの至近距離にあるケイデンの顔を見返し、静かに告げる。

「それはそれ、これはこれだ。俺は、あるがままの事実だけを報告書にまとめる。それに目を通し、いかなる沙汰を下すかは、宰相殿下、ひいては国王陛下がお考えになる」

「その沙汰とやら、考えるまでもねえだろうがよ！　せめて、俺らが可能な限り折り合ってるって『事実』をだなあ」

「問題は結果だ。いくらあんたたちが折り合おうと、その根底にあるのが、いわれなき差別である以上、好意的な解釈はできん」

「ケッ、お前も結局、城下の人間ってことか。少しくらいは、俺らに近い人間だろうと思ってたのによ」

「どう思われようと、俺は俺の仕事をする。虚偽の報告はできん」

「この唐変木！　クソッ、誰がそんな報告書を城に届けてやるか！　集落の誰にも、お前の使いは引き受けるなと言っておくからな！」

「好きにしろ。誰も使いを引き受けないなら、俺が戻るまでだ」

「だとすりゃ、お前をこの集落から出さねえって手もあるなあ！」

「……その恫喝も報告書にありのまま記載するとしよう」

「てめえ！　仲間だと思って甘くしてりゃ、つけ上がりやがって。今すぐふん縛って、どっかに閉じこめてやろうか！」

「できるものならやってみろ。体力で俺に勝てると思い込んでいるのは、いささか過信というものだぞ、ケイデン」

「何だと！　海の男を舐めるなよ、鳥使い」

「鳥使いとは何だ！　あんたこそ、鷹匠を馬鹿にするな！」

まさに、売り言葉に買い言葉の累積である。

「あの、ケイデンさん、クリスさん、ちょっと落ち着いて。争点がずれまくってますよ。ねえ、ちょっと……」

「うるせえ、ひょろ眼鏡！」

「おい、俺の弟子を侮辱するな！　それはそうとして、お前は口を出すな、アスマ！」

遊馬はどうにか二人の会話に割って入ろうとしたが、それとて二人の争いの新たな原因になってしまいそうだ。

立ち上がり、今にも摑みかかりそうな姿勢で睨み合っている両者を、こちらはペタリと座り込んだまま見上げて、遊馬は途方に暮れた。

（うう、どうしよう。このままじゃ、取っ組み合いになっちゃうし、お互いに手を出したとなったら、きっとタダじゃすまない。せっかく学校が少しずついい雰囲気になってるのに、学校閉鎖みたいなことになったら……）

こうなったら、割って入ることは諦め、とりあえず二人を物理的に引き離すため、クリストファーに体当たりするしかない。

覚悟を決めた遊馬がそろそろと立ち上がり、膝を軽く曲げて身構え、呼吸を整えようとしたそのとき。

「たいへん！　たすけて！」

家の外から女児の金切り声が聞こえて、まさに殴り合おうとしていたケイデンとクリストファーの動きがピタリと止まった。

「なんだ⁉　何があった！」

「クリスさん！」

クリストファーを突き飛ばし、ケイデンはどかどかと大股に部屋を出ていく。

「行こう」

尻餅をついたクリストファーを、遊馬は慌てて助け起こす。二人はケイデンの後を追い、長の家から外に出た。

悲鳴じみた声に驚いた集落の人々が、既に十人ほど集まり、わあわあ大泣きしている幼い女児を取り囲んでいる。

見ればそれは、さっき教室で別れたばかりのナナだった。彼女の傍には、学校に来ていた他の子供たちも、不安げに立ち尽くしている。半べそで、母親に縋り付いている子供の姿もある。

「おい、ナナ。どうした？　誰に何があったんだ？　俺がいりゃ、大丈夫だ。落ち着いて話してみな」

ケイデンはさっきまでの凶相はどこへやら、集落の人々を押しのけると笑顔でナナに近づき、彼女の前に片膝をついた。

ナナは泣きべそを搔きながら、学校のほうを指さす。

「ワットが」

「ワットがどうした？」

「ワットが、ハンナ先生にもおかしどうぞって言ったの。しゃべっちゃいけないのに」

「あいつ……！　そんでどうした？」

ケイデンに促され、ナナは小さな両手を自分の喉に当てた。

「みんなでおしゃべりしてたら、ワットが急に苦しがって、うーうー言うばっかりでしゃべれなくなって」

「なんだって⁉」

大声を上げたのはケイデンではなく、まだ若い、繕いかけの網を持ったままの漁師だった。おそらく、それがワットの父親なのだろう。

「ヒッ」

大の男の大声に、自分が咎められたと感じたのか、幼いナナは身を震わせてしゃくり上げる。

そんな華奢な少女の背中を無骨な手で撫でてやりながら、ケイデンは更なる情報を求めた。

「よーしよし、誰もお前を怒っちゃいねえよ。ワットが苦しがって、どうした？　今、あいつどこにいる？」

「がっこうの、前の、あそび場。ハンナ先生が、すごくこわい顔で、ワットのことバシバシ叩いてる」

「なんだと⁉」

今度はケイデンが血相を変えた。周囲にいる大人たちの表情も、さっと険しくなる。

「長、やっぱりあの女は『ノロワレ』だ！　ワットが危ねえ！」

「俺の息子に何しやがる……！　あの女、ぶっ殺してやる！」

そう叫ぶなり、ワットの父親は網を打ち棄て、学校へと駆けだしてしまう。

「くそっ、『ノロワレ』の本性を出してきやがったか！　そらみろ、結局こうなるんだ！　言わんこっちゃねえ」

憤懣やるかたない面持ちでクリストファーと遊馬を見据えて怒鳴ったケイデンや、他の人々も、ワットの父親の後を罵声を発しながら追いかけていく。

（ヤバい！）

遊馬は、尻餅をついたクリストファーを素早く立ち上がらせた。

「クリスさん、何があったかわかりませんけど、とにかくハンナさんが危ないです！」

「わかってる！　お前も来い！」

そう言い終えるより早く、クリストファーは凄まじい勢いでケイデンたちを追う。とうてい、小柄な遊馬には追いつけない猛スピードで、男たちの背中が遠ざかっていく。

「ちょっと、アスマ。あんたも早く行って。『ノロワレ』は嫌だけど、この集落で人殺しはゴメンだよ」

「あの女、ネイディーンの加護を受けてるって言うじゃないか。殺すとまずいんじゃないのかい？」

こういう荒事になりそうなときは、女たちは現場へ行かないのが、この集落の不文律であるらしい。男たちが事態の収拾に努めているあいだ、女たちは子供と家を守るという役割分担が自然とできているのだろう。

「勿論、行きます！　子供たちを落ち着かせてやってください！」

女たちの言い様には引っかかるものがあるが、それでもハンナの身を案じているだけでもありがたい。遊馬は彼女たちにそう言って、全速力で学校へ向かった。

「……あっ」

学校の前に設えられた、猫の額ほどの小さな運動場。

その手前で、男たちは魔法にかかったように仁王立ちになっていた。

どうにか追いついた遊馬は、肩どころか全身で息をし、汗びっしょりになりながらも、そうした男たちを掻き分け、前に出た。

「！」

遊馬の視界に飛び込んできたのは、確かに「ワットをバシバシ叩いて」いるハンナの姿だった。

いつもの落ち着いて朗らかな様子はどこへやら、長いスカートが汚れるのも構わず、地面に両膝をついたハンナは、くずおれ、四つん這いになった少年の身体を片腕で抱き支え、もう一方の手で彼の背中を強く叩き続けている。

そのたび、うう、という苦悶の声が、ワットの半開きの口から漏れた。

どうやら、意識はかろうじてあるようだが、ワットの顔は不自然に赤らんでいる。

ハンナの必死の形相、そして乱れた髪が汗に濡れ、額や頬に貼り付いている様が、どうにも鬼気迫っていて恐ろしい。

おそらく、「ノロワレ」は魔物の仲間、という認識があるだけに、彼女が魔物になった、あるいは魔物の本性を現したと思い込んだ男たちは、恐怖で硬直してしまっているのだろう。皆、顔色が紙のように白くなってしまっている。

そんな迷信を信じていないクリストファーですら、咄嗟に動くことがかなわないほどの迫力である。

（これは、いったい）

こちらも呆気に取られた遊馬は、地面に転がった革袋を見て、ハッとした。

「おやつ……！　そうか、そういうことか」

遊馬が呟くと同時に、ワットの父親が呪縛からようやく解けたように怒声を上げた。

「この魔物野郎ッ！　俺の倅に何しやがる！」

（いけない！）

怒鳴りながらハンナに突進しようとしたその大男に、遊馬は反射的に飛びついた。

「おい！　邪魔すんな！」

振り払われて地面に倒れ込んでも、遊馬は諦めなかった。ワットの父親の足首にしがみつき、どうにか動きを止めようとする。

地面を引きずられ、あちこちに痛みを感じながらも、遊馬は必死で叫んだ。

「クリスさん！　みんなを止めてください！　これは魔物の仕業なんかじゃない！　ハンナさんは、ワットの命を助けようとしてるんです」

「馬鹿言うな！　見ろ、何の抵抗もできねえワットを、ポカスカ殴ってんじゃねえか！」

クリストファーが返事をするより早くケイデンが険しい声を上げた。彼は他の男たちを従え、ワットの父親に続こうとする。

遊馬はワットの父親の足にいっそう強く縋り付き、自分の体重で少しでも歩速を緩めようとしながら、掠れ気味の声を張り上げた。

「殴ってるんじゃ……ありませんッ。出そうとしてるんですッ」

「……わからんが、わかった！」

こういうとき、すべてを理解できなくても、まずは自分が信じる者のために行動するのがクリストファーである。

彼は遊馬が息を呑むようなスピードでハンナに駆け寄ると、今にも彼女に掴みかかろうとしていたワットの父親を自らの大きな身体で受け止め、阻止した。

「おいっ！　離せ、離しやがれ！」

しかし、大柄なクリストファーでも、現役の漁師に力で押し勝つのは至難の業だ。

「アスマッ、ハンナ先生ッ、どっちでもいい、どういうことかッ、説明しろ！」

「窒息!!」

遊馬は、ワットの父親をクリストファーに任せて立ち上がると、ハンナとワットを引き離そうとするケイデンに、そんな物騒な叫びと共に体当たりした。

共に地面にどうと倒れる遊馬に、クリストファーは目を剝く。

「な……窒息!?」

「ですよねっ、ハンナさん！」

チラと遊馬のほうを見たハンナは、すぐにグッタリしているワットに視線を戻し、頷いた。

「お菓子が！」

「了解です！　そのまま続けてください。なんならもっと強く！　身体を支えてるほうの手、できたら顎に当てて、反らせる感じで！　できそうなら本人に咳をさせて！」

「はいッ！　ワット君、聞こえたわね？　咳、咳をして！　頑張って！」

ハンナはいっそう高く手を振り上げ、ワットの肩甲骨の間あたりを強く叩く。

「う……う、うっ」

ワットは苦しそうに、しかしハンナの言いつけに従い、咳をしようとする。

「おい、離せ！　この女がワットを殺そうと」

「違うっていってんだろ！」

どうにかハンナへの加害を制止しなくては、という必死の思いが、遊馬を彼自身、予想だにしていなかった行動へと駆り立てた。

起き上がろうともがくケイデンの頬を、力いっぱい張り飛ばしたのである。

遊馬自身、自分のしたことに驚き、あっと叫んでしまったが、これまで「弱々しい、クリストファーの腰巾着のような奴」だと侮っていた遊馬の渾身のビンタに、ケイデンも驚き、思わず動きを止める。

まだショックは醒めていないが、このチャンスを逃がしては、説明の機会は永遠に失われ、ハンナは男たちに酷い目に遭わされることだろう。

　遊馬は、腹に力を入れて、簡潔に怒鳴った。

「ワット君は、窒息しかかってます！　ハンナ先生は、そんな彼の命を救おうとしてるんです！　だから……邪魔しないでください！」

「……窒、息？」

「ゲホッ、ゲホ、ガッ……！」

　ハンナの継続した刺激のおかげで、喉に詰まっていたものが徐々にせり上がってきていたのだろう。

　ハンナに促され、ようやく咳をすることに成功したワットの口から、丸い大きな菓子が、ほぼ丸ごと飛び出し、地面に転がる。

　あっ！　という叫びが、ワットを除く、その場にいる全員の口から出た。

「ワット君!?」

「は……はあ、はあ、は……しぬ、かと、おもった。くるしかった」

　まだ真っ赤な顔をしながらも、ワットは弱々しく言葉を発した。必死の面持ちだったハンナの両目から、涙が瞬時に溢れ出す。

「ああ、よかった！　よかった……もう大丈夫よ。ごめんね、背中を叩いたりして。痛かったわね」

「先生！」

地べたに座り込んだまま、二人はひしと抱き合う。だが、ようやくクリストファーを振り切ったワットの父親は、荒々しくそんな二人を引き離そうとした。

「離れろ！『ノロワレ』め、お前のせいで俺の倅は死にかけたんだぞ！」

ワットの二の腕を掴んで立たせた彼の父親は、怒りにまかせて、まだ座り込んだままのハンナの肩口を蹴りつける。

「あっ」

悲鳴を上げて倒れ込んだハンナの姿に、クリストファーも遊馬も血相を変えた。

だが、二人がワットの父親を羽交い締めにする前に行動したのは、他でもないワットだった。

「やめて！」

そう言うと、彼はハンナに再び抱きついて庇い、自分の父親の蹴りを背中で受けた。

我が子を蹴飛ばしてしまった衝撃で、父親の動きは止まる。

「ワット、お前」

「先生は関係ない！『ノロワレ』なんて関係ない！　俺が悪かったんだ」

まだ苦しそうにしながらも、ワットは必死で父親はじめ、居並ぶ男たちに説明を試みた。

「ずっとハンナ先生と、お喋りしてみたかった。勇気を出して話してみたら、楽しくて。城下の街の話をしてくれて。嬉しくて、俺、調子に乗ったんだ。『見て、このお菓子、一口で食べられるよ！』って…丸ごと口に入れちゃって……思ったより大きくて、でも吐き出すの格好悪いから、飲み込もうとしたら、詰まって」

恥ずかしそうに打ち明けられた「本当の事情」のあまりの子供らしさに、憤怒に燃えていた男たちの顔から、緊張感と怒りが徐々に消えていく。

「ハンナ先生がワットの背中を叩いてたのは、叩打法といって、食べ物を詰まらせたときの応急処置のひとつです！　ああやって、喉に詰まったものを、背中を叩く刺激で動かそうと試みるんです。とても正しい。あれをやっていなかったら、咳だけで詰まったお菓子を吐き出すのは難しかったはずです」

遊馬も、早口で解説を足した。

「そうだったのか！」

ようやく事態を呑み込めたらしきクリストファーの驚きの声に、ケイデンが異を唱えようとする。

「いや待て。けど、ワットが喉を詰まらせたのも、『ノロワレ』の……」

「いい加減にしてください！」

　自分にこんな大声が出せたとは、と内心驚きながらも、ケイデンを怒声で圧倒した遊馬は、そのままの勢いで言い募った。

「普通に生活していたら、いいことだって悪いことだって起こります！　それが当たり前でしょ？　その中の悪いことだけを全部誰かのせいにするなんて、馬鹿げてるし、みっともないです。ワット君は、そんな恥ずかしいことはしませんでした。自分がした愚かな行為をちゃんと認めて、命を助けてくれたハンナ先生に感謝しました。子供にできることが大人はできないなんて、恥ずかしくないんですか!?」

　返す言葉もない、というのはこのことである。

　男たちは皆、決まり悪そうな顔で遊馬から視線を逸らしたり、つま先で地面を蹴ったりする。

「大丈夫か、ハンナ先生？」

「平気です。ワット君は……」

「俺も平気」

　クリストファーは、暴力を受けたハンナを気遣いつつ、手を貸して立ち上がらせる。ワットは自分で自力でゆっくり立ち上がり、皆の顔を見回して、まだ咳き込みながらも宣言した。

「ハンナ先生は、『ノロワレ』なんかじゃない。先生は、俺を助けてくれたよ」

「お……おう」

ワットの父親は、どうにも困り顔でまずは近づいてきた息子の頭を撫で、それからケイデンを複雑な眼差しで見やり、そして最後に乱れ髪と汚れた服のまま立ち尽くすハンナに視線を向けた。

「その……なんだ、蹴飛ばして悪かった。倅の命を助けてくれたってんなら、礼を言わなきゃならん。……ありがとうな」

ハンナはゆっくりと首を横に振った。

「いいえ。私はワット君の『先生』ですから。当たり前のことをしたまでです」

「いや。あんたは俺の集落のひとりの命を救った。その恩を、俺たちは忘れねえ。……これまですまなかった、ハンナ・クロスビー。あんたは『ノロワレ』じゃねえ。俺たちと同じ、ネイディーンの子だ」

ケイデンはそう言い、ハンナに歩み寄って、片手を差し出した。

ハンナは、自分の背中を支えてくれるクリストファーの顔を見上げる。クリストファーは、無言で口角を少しだけ上げ、小さく頷いた。

「ありがとうございます」

ハンナは、ケイデンにまずは感謝の言葉を述べ、それから一度、唇を引き結び、自分自身に気合いを入れて再び口を開いた。

「『私が「ノロワレ」ではない』ことを認めてくださって、嬉しいです。でも、そこで終わりたくはありません。ここから始めて、いつかは皆さんに、『この世に「ノロワレ」など存在しない』……いわれなき差別を受けるべき人などいないと、わかっていただきたいと思っています。その日まで、皆さんとご一緒に、暮らし、学んでいきたいです」

そう言って、ハンナはケイデンと握手を交わす。

それが、ハンナ・クロスビーが、本当の意味でヨビルトン集落の一員として迎えられた瞬間だった……。

「それにしても、どうして窒息(ちっそく)の対処法なんて知ってたんです?」

学校に戻り、三人だけになってから、遊馬はハンナの傷の手当てをしながら訊ねた。

幸い、あちこち怪我(けが)しているとはいえ、軽い擦り傷、切り傷、打ち身といった程度で、どれも大したことはない。

傷口を綺麗(きれい)に洗ってから、クリストファーが常に携帯している軟膏(なんこう)を傷口に塗る遊馬の丁寧(ていねい)な手つきを見守りつつ、ハンナは照れ臭(くさ)そうに答えた。

「ネイディーン神殿の中には、施療院がありますから。医術の心得のある神官様のお手伝いをするうち、自然と覚えました」

「ああ、なるほど！」

「ネイディーンのご加護を感じます。大いなる御手で、私と、この集落の皆様とのご縁を結んでくださいました」

　女神がおわす海のほうへ目をやったハンナは、すぐにクリストファーと遊馬に向き直って、感謝の言葉を口にした。

「そして、勿論、お二方にも感謝しています。お二方の助けなしには、私はとても今日まで踏ん張ることができませんでしたもの。それに、生徒としてのお二方は、とても優秀でした！」

「……勘弁してくれと言いたいところだが、子供らに交じって授業を受けるのは、なかなかに楽しいものだ」

　クリストファーの言葉に、遊馬も笑って頷く。

「まさか、クリスさんとクラスメートになれるとは思わなかったので、僕も楽しいです。それに、明日からはもっと楽しくなりますよ！」

　遊馬の予言どおり、翌朝、学校の雰囲気はガラリと変わった。

登校してきた子供たちの数が一気に七人も増え、皆、校舎の前で迎えるハンナに、「先生、おはよう！」と元気に挨拶して教室へ入っていく。

しかも彼らは、これまでの鬱憤を晴らすように、授業を始めるとみんな先を争うように手を上げ、ハンナに質問を浴びせかけた。

驚くやら嬉しいやらでてんてこ舞いのハンナの姿に、クリストファーはニヤッと笑って遊馬に囁いた。

「どうやら、俺たちが生徒の真似事をするのは、今日が最後だな」

遊馬も嬉しそうに囁き返す。

「今日っていうか、休み時間になったらもう撤収してよさそうですよ。どうせなら、この特等席には子供たちに座ってほしいですし」

「確かにそうだな」

二人がしみじみ嬉しい気持ちで頷き合ったそのとき。

「あっ！　フランシス先生だ！」

「わあ、帰ってきた！」

窓の外を見た子供たちが、歓声を上げて突然立ち上がった。

「えっ？」

ハンナと遊馬は、同時に驚きの声を上げる。クリストファーも、無言で弾かれたように席を立った。大柄な身体を顧みない動きに、ベンチがぐんと後ろに傾き、並んで腰掛けていた遊馬はあやうくひっくり返りそうになる。

「わー！　フランシスせんせーい！」

幼い子供たちには、授業を中断させてはならない、などという意識はない。歓声を上げながら、ひとり、またひとりと外へ飛び出していく。

「ホントだ、あれ、フランシス先生……ってか、宰相殿下だ」

「まさか、御みずからお出ましになるとは。意外とこらえ性のないお方だな」

何故か呆れ顔でそう呟くと、クリストファーは着衣を整えながら、足早に外へ出ていく。いくら授業中でも、臣下としては、出迎えに行かないわけにはいかない。

「すみません！」

ハンナに一言謝って、遊馬も師匠に続いた。

「ここが学校か！」

長のケイデンと、五人の近衛兵を従えたフランシスは、校舎の前で足を止め、満足げに建物を眺めた。

城にいるときは華麗な長衣を纏っている彼だが、今はさすがにやや地味な旅装である。

それでも、繊細な刺繍が入ったチュニックは、彼のトレードマークである深みのある青色で、まるで今日の空の色を写しとったようだ。

　子犬のように自分にまとわりつく子供たちの頭を両手で手当たり次第に撫でながら、フランシスはご機嫌な様子で言った。

「ふむ。なかなかよい学び舎ではないか」

「は……はあ、まあそりゃ、集落の連中総出で建てた学校ですんでね」

　ケイデンは強張った顔で応じ、落ち着かない様子で胸元をさすった。

　無理もない。「まともな授業」が可能になったのは、まさに今日からなのだから。

　そのことを頼むからフランシスに告げ口してくれるなと視線で盛んに訴えるケイデンが面白くて、遊馬はクリストファーと顔を見合わせ、クスッと笑った。

「どうだ、ハンナ・クロスビーよ。学校の運営は順調か？」

　フランシスに厳かに問われ、ハンナは緊張しきった様子で、ぎこちなく腰を屈めて最敬礼する。

「宰相殿下におかれましては、教師としては未熟者である私に、この学校の教師をお任せいただき、恐悦至極に……」

「さようなことはよい。……楽しんでおるか？」

質問を変えたフランシスに、ハンナは驚きに目を見張りつつ顔を上げた。

フランシスの青い瞳が笑みを湛(たた)えているのに気づき、ハンナのガチガチに緊張した頬(ほお)も、少し緩(ゆる)む。

「は……はいっ！　それはもう」

「ならばよい。引き続き励(はげ)め」

フランシスがご機嫌なのに気づいたケイデンは、じり、とフランシスに近づいて声を掛ける。

「それはそうと宰相殿下、やけに唐突(とうとつ)なお出ましですが、いったいどういうご用で？」

「本来ならば、学校の視察がてら、約束していた子らのための本を持参するつもりだったのだがな」

ケイデンのいささか無礼な質問を咎(とが)めもせず、フランシスは答えた。

「いざ学び舎のための本を作らせ始めてみると、やはり欲が出る」

「ってぇと？」

「長年用いることを前提に本を作るのであれば、出来うる限りよきものにせんと思うのは、職人にとっては当然のことであろう。そしてそれは、注文主である我等にとっても同じこと」

フランシスの言わんとすることが把握できないケイデンは、目をパチクリさせて、曖昧な相づちを打つ。

「まあ、そりゃ、そうかもですな」

「そうなのだ。当初は、ゆくゆくは各集落の学び舎に配らねばならぬ本ゆえ、極力簡略にと言うておったが、職人たちの、『子らが楽しく学べるようにしたい』という熱意溢れる訴えを聞いているうち、やはり妥協してはならぬと考えた」

「つまり、予定よりずっと良い本を寄越してくれるってことですかね？」

「左様。ゆえに、本の完成までには、より長い時間を要する」

「はーん。で、当分は本なしで勉強しろってことですかい？」

「それもまた、難儀であろう。子らも教師もな。ゆえに、作りに来た」

「……はい？」

それは、ケイデンだけでなく、遊馬とクリストファー、そしてハンナの口から同時に出た言葉だった。

フランシスは、一同のポカンとした顔を見回し、澄ました顔でこう告げた。

「本がないなら、作ればよいのだ。そうではないか？」

ケイデンは、あからさまな顰めっ面をして、フランシスに食ってかかった。

「宰相殿下、頭の悪い人間をからかうのはやめてくださいや。本なんぞ、どうやって作るんです？　まあ、豚やら山羊やらはうちの集落でもそこそこ飼っちゃいますが、そいつらを潰して皮剝いで、紙を作れるような奴はいませんぜ？」

「……あっ！」

そこで大きな声を出したのは、遊馬だった。

「アスマさん？　どうなさったんですの？」

驚くハンナには答えず、遊馬はフランシスを見た。

「もしかして、ロデ……国王陛下から、羊皮紙じゃない紙の作り方を？」

フランシスは、美しい笑みを浮かべて胸を張った。

「うむ。陛下のなさる『実験』には、これまでおおむね困惑させられてきたが、此度ばかりは、そなたの入れ知恵が見事に結実した。獣の皮を使わずとも、紙は作れる。国王陛下が、御みずから、わたしに手ほどきをしてくだされた」

それを聞いて、ケイデンもハンナもクリストファーも目を剝いた。

「アスマ、お前、国王陛下に何を……」

訝るクリストファーに、遊馬はニコニコして言った。

「ほら、ここに来る前、真夜中、国王陛下に図書室に呼び出されたでしょ？　あのときの変な手触りのお手紙ですよ」

「あ？　あ、ああ！」

腕組みして首を捻ったクリストファーは、甦った記憶に思わず手を打った。

「あの、ゴワゴワして固い、奇妙な紙のことか！」

「そうそう。あれです。あれの作り方、僕が教えたんです。でも宰相殿下、あのお手紙は、インクが滲んで凄く読みにくかったですよ。本にするにはちょっと問題が」

遊馬は心配そうに言ったが、フランシスは、やはり自慢げな口調で即座に返事をした。

「インクも職人に改良させた。木の実の殻を煮出して作った褐色の染料に、樹脂を少量加えることにより、書き味滑らかで、しかも滲みにくいものとなった」

「……すごい！」

「マーキスの優秀な職人どもの腕にかかれば、容易きことよ。ときに、ハンナ・クロスビー」

遊馬の賛辞を軽やかに受け流し、フランシスはハンナに視線を向けた。青空と同じ色の美しい瞳に見つめられ、ハンナは再び緊張して背筋を伸ばす。

「は……はいっ」

「聞いてのとおりだ。すまぬが、本の到着はしばし遅れる。されど、そなたと子らで、みずから紙を漉き、文字や絵を書き、学ぶための本を作ってみては如何か」

ハンナは戸惑いがちに頷く。

「それは、たいへんに素晴らしいお考えかと存じますが、殿下。『紙を漉く』とは、いったいどのようなことなのでしょう？」

「植物から紙を作るんです。この集落に生えている草でも作れますよ。みんなでやれば、楽しいんじゃないかな。……あっと、失礼しました！」

思わず二人の会話に割って入ってしまった遊馬は、フランシスにジロリと睨まれ、口元を押さえて引き下がる。

ケイデンは、ついていけないと言いたげに首を振った。

「その辺の草から紙ができるだと？　信じられねえな」

だが、フランシスは自信満々に言い切った。

「国王陛下直伝の方法を用いれば、可能だ。羊皮紙に品質の面では劣るが、十分に実用に耐えうる。子らも、自らが一から編んだ本であれば、より愛着を持ち、大切に用いるであろう」

（どっちかっていうと、僕直伝なんだけど……まあ、いいか）

心の中でささやかな不平を漏らしつつも、遊馬はフランシスとハンナのやり取りに耳を傾ける。

「草で、紙が……？　それはとても楽しそうです。子供たちも喜びましょう。ですが、殿下から御教示をいただいても、未経験の私にきちんと指導ができますかどうか」

　喜びながらも不安を口にするハンナに、フランシスは、実にあっさりとこう言った。

「無論、わたしが共に本を作る所存だが」

「えっ？」

　ハンナは仰天し、大人しく控えていたクリストファーも、さすがに苦言を述べた。

「殿下、それは。一国の宰相たるお方が、このような場所で呑気に本を作っておられる場合では……」

　しかし、フランシスはピシャリと言い返した。

「控えよ、フォークナー。子らの教育は、先王の代より国王陛下がお心を寄せておられる重要事項である。宰相が国王に成り代わり、心を砕くは当然のことであろう」

「ご無礼を致しました。お許しを。しかし、国王陛下をおひとりにしては」

　ろくなことをしない、というか仕事をしない、特に事務関係が大変な有様に……というあまりにも無礼でありながら的確な指摘を賢明にも呑み込んだクリストファーに、フランシスは「わかっておる」と真顔で同意して、平然とこう続けた。

「ゆえに、そなたが疾く戻れ、フォークナー」

「は？」

「は、ではない。わたしがおらぬ間、そなたが陛下のお傍で存分に腕を振るえと言うておるのだ」

嘘のつけないクリストファーは、正直に困惑の面持ちになる。

「宰相殿下、それは」

「何だ？　そなたは国王補佐官、当然のことであろうが」

そこで言葉を切り、フランシスは、複雑な面持ちのクリストファーにさりげなく告げた。

「このわたしが安堵して留守居を任せられる者は、そなたをおいて他にはおらぬ。頼んだぞ」

この場で、フランシスの言葉の本当の重みを感じられたのは、クリストファー当人と、遊馬だけだった。

フランシスは、初めて自分の言葉で、クリストファーは、自分と肩を並べて国王ロデリックをもり立てて行くべき人間であると明言したのである。

その言葉の意味を理解するなり、クリストファーは弾かれたように床に片膝をつき、フランシスに向かって頭を垂れた。

「畏(おそ)れ多いお言葉を賜(たまわ)り、このクリストファー・フォークナー、身の引き締まる思いです。かしこまりました。宰相殿下がお戻りになられるまで、不肖(ふしょう)の身ながら全力を尽くし、国王陛下をお支え致します」

「うむ。そなたには大いに期待しておる」

厳(おごそ)かにそう言ったと思うと、フランシスは、遊馬がついぞ見たことがないような張り切った笑顔になって、ハンナに言った。

「とはいえ、長逗留(ながとうりゅう)はできぬ。一刻も時間を無駄にすべきではないな。ハンナ・クロスビー、子らを引率(いんそつ)せよ。ケイデン、子らが力を合わせて運べるような、大きな籠(かご)をいくつか用意せよ」

「かしこまりました！」

ハンナはまだ驚き冷めやらぬ面持ちで、それでも新しい試みに胸躍らせて、まだフランシスにじゃれついている子供たちを呼び寄せる。

「奇妙なことになってきやがったなあ……」

ケイデンも、首を捻りながら、それでも少し面白そうな顔つきで、自分に付き従っていた集落の若者に、「でかい籠を探してこい」と命じた。

「フランシス先生、何をするの？　紙？　本？」

大人たちの会話に耳をそばだてていた年長の子供たちが、フランシスに問いかけた。

一国の宰相に対する態度ではないが、それを咎めもせず、フランシスは鷹揚に答えた。

「うむ、此度は、そなたらと本を作る」

フランシスの厳かな宣言に、子供たちは一斉に目を丸くした。

「ご本？　つくるの？」

「おみやげじゃなくて？」

「土産の本は、またの機会を待つがよい。此度は、そなたらがみずから紙を漉き、その紙に文字や絵を書き、本の形に綴じるのだ。そしてそれを、己の学びに役立てる。一冊の本を作る過程のすべてが、そなたらにとっては大いなる学び、そして財産になろう」

相変わらず堅苦しい語り口調を変えることができないフランシスだが、不思議と子供たちは、何の抵抗も困難もなく、彼の言わんとすることを理解できるようだ。

宰相として、国民全員に対して国王のメッセージを広める役割を担っているだけあって、他の誰にも真似の出来ないコミュニケーション技術が、彼にはあるのかもしれない。

「みんなで作る？　ハンナせんせいも？　めがねせんせいも？」

「無論だ。皆で共に作るからこそ値打ちがあろうというもの。さて、早速、草を集めにゆこうか、クロ……ハンナ先生」

少し躊躇ってから、フランシスは妙に力強く、ハンナの呼び方を変えた。それに気づき、ハンナもうっすら頬を染めつつ、「はい」と頷く。

（なんだかこの二人、相性がよさそうだなあ。っていうか、僕のこと忘れてない？）

若干の疎外感を味わったものの、遊馬としては、紙漉きより先に、急遽城に帰ることになったクリストファーの旅支度を手伝わねばならない。

「草は、繊維が多くて長いものを選んでくださいね。僕もクリスさんを見送ったら合流しますので！」

遊馬がそう言うと、フランシスはいつものそっけない態度で返事をした。

「うむ。そう急がずともよい。師の世話は弟子の務めゆえ、ぬかりなくせよ」

「ありがとうございます……？」

いつものフランシスなら、仏頂面で「疾くせよ」と言いそうなものなのにと、遊馬はやけに寛大な言葉に内心首を傾げつつも、ありがたくクリストファーと共にその場を辞したのだった。

数十分の後。

大慌てで旅支度を整えたクリストファーと、彼の荷物を抱えた遊馬の姿は、集落の入り口にあった。

「忘れ物、ないですよね。慌てて詰めたから、不安だなあ。修学旅行の前夜みたいな気分です」

「……お前のたとえは、時々さっぱりわからんな。何旅行だって?」

「修学旅行。僕がいたところでは、学校で、卒業前にみんなで旅行するんですよ。そういうときって、どれだけ荷物を確認しても何かを忘れてる気がするし、実際行ったらとんでもないものを忘れているのが定石(じょうせき)なんです。中学の修学旅行のときは、財布を忘れて、担任の先生にお金を借りる羽目になったんです。あれは恥ずかしかったなあ」

遊馬の説明に、クリストファーの頭はどんどん傾きの度合いを増していく。

「ますますわからんが、特に忘れ物があっても、困ることはあるまい。気づいたら、お前が撤収(てっしゅう)するときに持ち帰ってくれればいい」

「それもそっか。ここより便利なところへ戻るんですもんね。あと、報告書は書かずに、ロデリックさんに口頭で済みそうでよかったじゃないですか」

「そこがいちばんありがたいところだな。俺の下手(へた)クソな報告書より、土産話のほうが、まだロデリック様に喜んでいただけそうだ」

素直に認めて、旅装に身を包んだクリストファーは、集落の出入り口で愛馬に挨拶(あいさつ)をしながら、「それにしても」といささかの呆れ顔をした。

二人のすぐ近くでは、フランシスが連れてきた護衛の兵士たちが、いそいそと大鍋や大きな壺、たくさんの木枠などを荷車から降ろし、次々と運んでいく。おそらく、行き先は学校の前庭だろう。

クリストファーは遊馬から大きな革袋を受け取り、みずから馬の鞍にゆわえつけながら言った。

「なんとも念入りなことだ。草以外の必要なものを、すべて城から持参なされたのか」

遊馬も感心した様子で相づちを打つ。

「ホントに。大至急で用意させたんでしょうね」

「ああ。いかにもフランシス様らしいせっかちさだ。ときにアスマ、草から作った紙を見ているから、作れること自体は疑いはせんが、簡単にできるものなのか？　どの程度、時間がかかる?」

遊馬は、曖昧に首を傾げた。

「必要な材料さえ揃えば、プロ並のハイレベルな仕上がりを目指さない限り、手順自体はシンプルなんです。集めた草を細かく細かく刻んで、濃い灰汁で煮詰めて柔らかくして、徹底的に叩いて潰して細かい繊維状に……」

「かなり手間入りだな?」

想像していかつい顔をしかめるクリストファーに、遊馬も苦笑いで頷く。

「それはもう。さっき、兵隊さんたちが運んでた大鍋は、草を煮るためのものです。壺の中には、灰汁が入ってるんじゃないかな」

「そこは準備万端というわけか。それから?」

「できた繊維に、綺麗な水と、あとは草の根っこから取った粘液をちょっとだけ混ぜて……たぶん、流し漉きは素人には難し過ぎるから、溜め漉きにするんじゃないかな」

「タメスキ?　何だ、それは」

「ええと、つまり、枠のある目の細かいスノコのようなものに、作った繊維液を流し込むと、スノコから水だけが抜けて、繊維が残るでしょう?　それを平たい場所に置いて、布で挟んで重石をしながら乾かすと、クリスさんも見た、あの紙になるんです。溜め漉きなら、粘液は要らないかもですけど、ちょっと入れたほうが厚みのある紙になってやりやすいように思うって、僕が紙漉きを教わった先生は言ってました。そのまんまロデリックさんに伝えたので、そうしてるんじゃないかな。とりあえず、最短でも何日かはかかる作業だと思います」

クリストファーは額に手を当て、空を仰いだ。

「正直、お前の話がすべて理解できたわけじゃないが、大がかりで手間入りな作業であることは理解した。そこから紙を切り、文字や絵を書き、本に仕立てるわけだろう？　……わかった。それなりの期間、俺が留守居の大任を果たさねばならんわけだな」

「そうなりますね。……あの、僕、一緒に帰りましょうか？」

遊馬は気の毒そうな顔でそう言ったが、クリストファーは仏頂面で弟子の申し出を蹴った。

「阿呆。師匠を子供扱いする奴があるか」

「いや、そういうつもりじゃないですけど、国王補佐官だけじゃなく、鷹匠の仕事もありますし、忙しすぎるんじゃないかって」

「鷹匠の仕事は、当面、父に任せておくつもりだ。フランシス様がお戻りになるまでは、国王補佐官の務めに専念する。ロデリック様とは、子供の頃からのつきあいだ。それに胡座を掻くつもりは毛頭ないが、あのお方が如何なる地位におわそうとも、お心に添うことはできると信じている」

真剣な面持ちでそう言ったクリストファーに、遊馬もまた力強く同意した。

「そりゃ、他の誰よりもちゃんとできますよ。きっと」

「うむ。だからお前は、フランシス様のお世話を……いや、その、お世話というか、何だな。むしろお邪魔にならぬよう陰に日向に……主に陰にお助けしろ。決してお邪魔にならぬよう……その、何だ、クロスビー先生との仲立ちを」

クリストファーの言わんとすることが今一つ理解できず、遊馬は首を傾げる。

「ああ、お二人が打ち解けるように、ですか？　でも、もうけっこういい感じでしたし、これから一緒に本を作るわけだから、僕なんかいなくても自然と仲良く……」

「そういう同僚としての仲良くではなく、いや、それでもいいのだが、そこから一歩、二歩と別の方向に進めるように、陰ながら助力を、だな」

「別の方向？　ちょっと意味が……あ、あああ⁉」

クリストファーの奥歯に物が挟まったような物言いを聞くうち、そちらの方面には極めて疎い遊馬でも、さすがに気づいて驚きの声を上げた。

「もしかして、こないだ、ハンナさんの異性関係について知りたがったのって、クリスさんじゃなくて、フランシスさん⁉　お城で、僕がロデリックさんと話してる間、クリスさんがフランシスさんと密談してたの、恋バナだったんですね？　さらにもしかして……その、わざわざ紙を作りに来たのも、実はハンナさん目当て⁉」

遊馬の指摘に、クリストファーは空を仰いで、「あ～」と微妙な声を出した。

「まあ、そういうことだ。いや、無論、集落の学校と子供たちを案じての行動であることは確かなんだが、クロスビー先生のことも……」

「いつから？　どこから？」

　遊馬は決してゴシップ好きなわけではない。しかし、ことフランシスが当事者とあっては、興味を持つなというほうが無理というものだ。

　好奇心を露わに追及され、クリストファーは、まるで自分の秘めた恋を打ち明けるような照れ顔をして、頬を指先で掻いた。

「ここの学校の教師を選抜するとき、フランシス様が、それぞれの候補者が教える学校に視察に行ったと言ったろう。そのとき、子供らに接するクロスビー先生の姿に、激しく惹かれたんだそうだ。ご本人は、『あの者を見た瞬間、これまで生きてきた中で一度も経験したことがない、常軌を逸した胸の高鳴りを感じたのだ。あれこそが、女神ネイディーンの恩寵の発露であろうか』と仰せだったが」

「いくら高尚に言っても、それ、早い話が人生初の一目惚れってことですよね」

「まあ、そういうことだ。俺もついさっきまではそこまでとは思っていなかったんだが、ここまで押しかけてくるとなると、あれはなかなかの本気だぞ」

「表向きの理由をもっともらしくガチガチに固めてくるところが、フランシスさんらしいっていうか……。子供たちをダシに、ハンナさんとずーっと一緒に作業できるように企んでるし！　わりと姑息っていうか手段を選ばないんですね、あの人」

　バッサリ切り捨てる遊馬に視線を戻したクリストファーは、まるで自分が当事者のように決まり悪そうな笑みを浮かべて言った。

「それだけ、想いが強いということだろうよ。しばらく一緒に過ごして思うことだが、クロスビー先生は芯の強い、優しい、気持ちのいい人だ。あの人に一目惚れするとは、フランシス様もなかなか人を見る目があると俺は思った」

　遊馬は深く頷く。

「それについては、僕もまったく同感です。ハンナさんはとても素敵な人だから、フランシスさんと上手くいってほしいけど……それ以前に、ハンナさんのほうはどうなんでしょうね。世間話のついでに軽く話を振ったときには、恋愛なんてする機会がなかった、なんて言ってましたけど」

「おお、そうなのか？　それは重畳だな」

「どうかな～。恋愛に興味なんてなさそうな口調でしたよ。そもそも、フランシスさんが好みのタイプかどうかもわかんないし」

　首を捻る遊馬に、クリストファーはここぞとばかり声に力を込める。

「問題は、そこだな。だが、さっきの会話を聞いていると、クロスビー先生も、フランシス様にそう悪い印象は持っていないようだった。だからこそ、陰に日向にお前が……」

「僕に仲人プレイは無理ですよ！　そんな高等技術が備わってるなら、僕自身にも彼女ができるはずなので……あ、自分で言ってて悲しくなってきました」

「俺もそっち方面はからっきしなんでな……。有益な助言は何一つできん。すまん」

鷹匠の師匠と弟子は、顔を見合わせ、がっくりと肩を落とす。

「とにかく、俺は急ぎ、お城へ戻る。宰相殿下のご信頼を裏切らぬよう、国王陛下をお支えせねばならんからな」

国王補佐官の顔になったクリストファーは、遊馬の肩に片手を置いた。

「あとは頼むぞ。無論、警護は宰相殿下がお連れになった兵たちの職務だ。だが、殿下のお心を守るのはお前の仕事と心得ろ。恋が実るにせよ、破れるにせよ、な」

そんなのは無理だ、と遊馬は即座に言い返そうとした。だが、彼が口を開くより先に、

「アスマ！」と彼を呼ぶフランシスの声が聞こえた。

振り返ると、そこには大きな籐編みの籠を運ぶ集落の子供たちと、ハンナ、そしてフランシスが立っている。

「紙作りには、大量の草が必要なのだ。そなたも来て手伝え。子らも、そなたと草摘みを共にしたいと申しておるぞ」

「ようやく、大きな籠に半分ほど集まりました。でも、まだまだなんですって。お力を貸してくださいな」

フランシスの傍らで、ハンナも明るい笑顔を見せている。

そういう目で改めて見れば、遊馬には既に二人が素敵なカップルであるように思えてくるのだが、話はそう簡単ではないだろう。

片や一国の宰相、もう一方は孤児院育ちの平民の教師である。越えるべき壁は、厚く高いはずだ。

それでもクリストファーは二人のことを応援するつもりらしいし、遊馬としても、フランシスが本気であるなら、微力なりとも助けになりたい気持ちはある。なれるかどうかは別にして、という話ではあるのだが。

「……ほら、行ってこい。上手くやれよ」

クリストファーは苦笑いで遊馬の背中を押す。

「ふたりの仲を取り持ちながら、お邪魔虫にはならないように……。そんなの、僕には難易度が高すぎるよ」

早くも泣き言を口にしながら、遊馬は、自分を待ち受けるたくさんの笑顔に向けて、どこか浮かれた気持ちで駆けだした……。

集英社オレンジ文庫をお買い上げいただき、ありがとうございます。
ご意見・ご感想をお待ちしております。

● あて先
〒101-8050　東京都千代田区一ツ橋2-5-10
集英社オレンジ文庫編集部 気付
椹野道流先生

時をかける眼鏡

宰相殿下と学びの家

集英社
オレンジ文庫

2022年9月21日　第1刷発行

著　者　椹野道流
発行者　北畠輝幸
発行所　株式会社集英社
〒101-8050東京都千代田区一ツ橋2-5-10
電話【編集部】03-3230-6352
【読者係】03-3230-6080
【販売部】03-3230-6393（書店専用）
印刷所　大日本印刷株式会社

ISBN 978-4-08-680469-1 C0193

集英社オレンジ文庫

椹野道流

ハケン飯友
僕と猫のおうちごはん

勤め先が潰れた坂井寛生は神社で「新しい仕事と気兼ねなくごはんを食べられる友達」をお願いする。すると夕飯の支度中、人の姿をとれる猫が現れて!?

ハケン飯友
僕と猫のごはん歳時記

茶房の雇われマスターの職を得た坂井。食いしん坊な「人で猫」の飯友との日常にもすっかり慣れた頃、体調を崩して道端で動けなくなった若者に出会い…。

ハケン飯友
僕と猫の、食べて喋って笑う日々

神社の宮司はパン屋さん!?　茶房オーナー留守居での坂井と猫の夏合宿、そして神社に現れた不審な男の正体など、賑やかで愛おしい毎日とごはんの記録。

好評発売中

【電子書籍版も配信中　詳しくはこちら→http://ebooks.shueisha.co.jp/orange/】